네 손이
내 눈을 덮을 때

네 손이
내 눈을 덮을 때

정나린 소설

거울, 계단

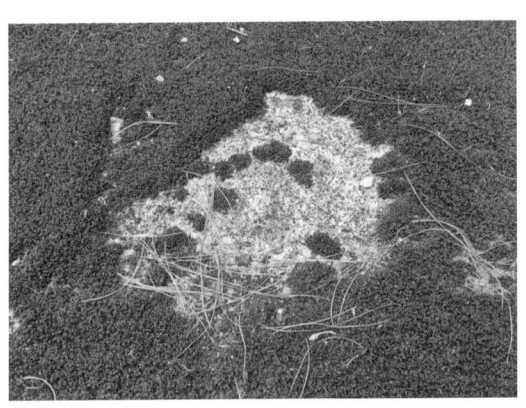

망가진 것들이 가져다준 틈으로
나는 숨을 내쉬었다.
그곳은 색채로 가득한 곳이었다.

1.

 기가 내 등을 잡았다. 정확히는 어깨를 잡았다. 그렇게 내 등은 그의 가슴을 마주 보게 되었다. 나는 그가 보이지 않는다. 우리는 같은 방향을 향해 나란히 겹으로 서 있다. 내 어깨를 누르는 그의 손이 그가 나보다 세 살이 많다는 사실을, 그가 지금 이곳에 모여 있는 사람들 중 가장 연장자임을 알려주는 것 같다. 그는 내 어깨를 잡을 수 있다. 마치 어른인 것처럼. 그가 내 어깨를 잡으면 나는 다음에 일어날 일을 기다린다. 그가 짙은 밤색 천을 털고 그의 오른쪽 다리를 수직으로 접어 든 후 넓적해진 허벅지 위에 다림질하듯 반듯하게 천을 놓고 접는다. 그것은 그만이 할 수 있는 기술처럼 보인다. 그는 나보다 머리가 작다. 나는 그보다 세 살 어리지만 크고 둥근 머리통을 가지고 있다. 그의 앞에 서면 유독 커다란 내 머리와 얼굴이 불편하게 의식된다. 그의 손이 내 어깨를 떠나 천을 접고 있는 동안 나는 의젓하게 기다릴 줄 알아야 한다. 내 의젓함은 이따금 드러나곤 한다. 아직은 내 의젓함을 모두가 아는 것은 아니다. 나는 내 등을 상상할 수 있다. 내 등은 나보다 믿음직하며 의젓한 속내를 가지고 있다. 기의 다음 행동을 내가 아니라 나의 등을 덮고 있는 살결, 피부 아래 조직과 척추가 기다리는 것 같다. 나를 세우고 나를 믿음직한 사람으로 만드는 이 조직을 나는 늘 궁금해한다. 내가 미처 다 알지 못하는 내가 가진 것들.

방 안은 어지럽다. 난장판에 가깝다. 그 방은 사람을 꽉 채우면 오십 명은 족히 들어갈 만한 너른 방이다. 기의 부모님은 타지에서 도망을 와 소유지가 불분명한 이 허허벌판에 커다란 헛간 같은 집을 지었다. 아이를 낳고 그 아이가 크면 헛간에 칸을 내 방을 만들었다. 네 명의 아이를 낳고 그들은 더 이상 아이를 낳지 않았다. 집 주변에 비닐하우스를 세우기 시작했다. 아이들은 이른 봄이 오기 전 포트에 흙을 담고 고추 모종을 넣었다. 그렇게 만든 모종들이 놓인 비닐하우스에 들어가면 훅 끼치는 더운 냄새에 잠시 숨을 골라야 했다. 모종들이 놓인 바닥을 보면 마음이 차분해졌다. 동시에 너무 빼곡한 둥근 무늬들에 소름이 돋았다. 나는 아이들 곁에 앉아 함께 모종을 심었다. 아이들은 모두 나보다 연장자였다. 그들에게 어린 나의 손길이 미덥지 않을 것 같아 나는 더 노력하고 주의를 기울였다. 세심하지만 자신감 있는 동작을 취하려고 노력했다. 나의 부모님은 출타할 때 나를 기의 집에 맡기곤 했다. 부모님이 나를 기의 집에 데리고 가면 그들은 탁아소처럼 동네의 여러 아이들이 모여 있는 큰방에 나를 들여보냈다. 나는 한나절 맡겨진 아이였으며 내가 초등학교에 입학하기 전까지 그곳은 내게 최초의 학교나 마찬가지였다.

허허벌판은 비닐하우스로 채워져갔다. 그들의 헛간은 여전히 크고 허술했지만, 쑥쑥 자라나 마당을 뒤덮는 여름 식물들처럼 세간들이 그 안을 채워갔다. 커다란 냉장고와 침대가 생겼다. 마당에 거위들이 생기고, 황색 개가 생겨났다. 개는 종종 다른 개로 바뀌곤 했다. 그들은 개에게 이름을 주지 않았다.

기가 내 눈을 천으로 덮을 때, 그 천이 내 눈을 누르는 동안 나는 기의 완전무결한 손놀림에 놀라지 않을 수 없었다. 그는 매번 같은 정도의 압박만을 느끼게끔

힘을 조절할 줄 알았다. 그는 고작 열두 살인데 어떻게 이렇게 훌륭한 느낌들을 내게 전달하는가. 감히 짐작할 수 없는, 기만이 가질 수 있는 능력 같았다. 나는 집에 돌아오면 엄마가 쌓아놓은 빨랫감들을 개키면서 기가 되는 연습을 했다. 기에게 배운 것을 흉내 내는 것만으로는 부족하다. 나는 지금부터 기다. 기의 손이 움직인다. 다행히도 내 손은 그의 것과 비슷하게 뼈가 도드라진다. 그의 손과 비슷하게 손가락이 길다. 그의 얼굴과 머리를 제외하곤 우리는 대체로 비슷하다. 그의 눈을 보면, 그 눈동자를 마주하면 바로 가슴에 박히듯 와닿는 반짝임의 정체를 '깨' 자로 떠올리곤 했다. '깨'를 보면 그를 생각했다. '깨'는 그의 빛나는 눈동자의 정체와 닮았다. 그것은 발음부터 빛나는 무엇 같지 않은가. 제발 볶은 깨의 색과 모양을, 그 작고 둔탁한 정체를 떠올리지 말 것. 그저 '깨'라고 짧게 말하면 잠시 빛이 나타났다가 말갛게 사라진다. 그의 눈빛은 깨, 깨, 깨, 이렇게 손에 잡히지 않는 무수한, '깨'라고 발음할 때 나타나는 영상이 계속되는 것이다. 그의 두 눈은 언제나 같은 정도로 빛나기에 나는 그의 나쁜 기분이나 눈물을 상상할 수 없었다.

언젠가 그의 우는 모습을 보았다. 눈물이 흘러나올

때도 그의 깨는 사라지지 않았다. 나는 조심스레 이런 추측을 해보았다. 어쩌면 그의 이름 때문이 아닐까. 그의 이름은 그와 떨어질 수 없이 붙어 있는 딱딱한 씨앗 같았다. 그 씨앗이 붙들고 있어서 그의 눈빛은 바뀔 수 없는 것이 아닐까. 부모님이 잠들고 두 동생들도 잠든 깊은 밤. 밤중에 자주 이불에 오줌을 누는 나는 창호지가 떨어진 틈으로 황소바람이 드나드는 방문 앞에서 자야만 했다. 문틈 사이에 눈을 가져다 대고 어두운 밖을 내다보며 달빛을 향해 그의 이름을 바꿔 불러보곤 했다. 그리고 내 이름도 바꿔 불러보았다. 그러나 바꿔 부른 이름들은 입에 붙지 않았다. 유리 위에 뒹구는 콩알처럼 굴렀다. 또르르 굴러가버리면 이름이 될 수 없었다. 이름은 어딘가 이름으로 불릴 사람과 접착되는 면이 있어야 할 것 같았다. 나는 내 이름을 바꾸고 싶었지만 바꿀 수 없었다. 그의 이름 또한 바뀔 수 없다는 걸 알았다. 그렇다면 그 '깨'의 비밀은 무엇으로 밝힐 수 있을까. 깨는 어쩌다가 그를 볼 때 이름보다 먼저 그와 함께 붙어서 떠오르는 발음이 되었나.

그는 사남매 중 막내였다. 그는 그의 형들과 달랐다. 특히 그의 큰형과는 다른 존재였다. 큰형은 얼굴이 희고 얼굴로부터 머리칼이 분리되듯 둥둥 떠 있었다. 큰형의 모든 것은 물컹해 보였지만 조심성과 예민함을 느끼게 했다. 그는 햇볕을 받지 않은 것처럼 희고 약한 피부를 가지고 있었다. 그리고 그는 무엇보다 무서운 사람이었다. 그렇게 물컹한데 무서운 사람인 것은 오로지 그가 큰형이기에 가능한 것이었다. 큰형은 종종 나무 회초리를 들고 동생들을 때렸다. 그의 여동생은 사춘기였다. 심하게 반항하고 울었지만 큰형은 자신의 부모보다 근엄한 사람처럼 굴었다. 특히 동네 아이들이 방에 모여 있을 때, 동네 형들과 어울리다가 해거름에 집에 들어온 큰형은 집 안이 어질러진 것을 목격하면 반드시 회초리를 들곤 했다. 그는 일부러 동네 조무래기들 앞에서 자신의 근엄함을 보이려 했던 것 같다. 여동생은 그런 큰형의 마음을 꿰뚫고 있었다. 그녀가 울면서 반항할 때 자신의 오빠를 치사하게 여기는 마음이 울음과 비명 사이로 선명하게 돋아나 들려왔다. '너는 사실 힘없는 사람이야. 너는 부모님이 안 계실 때 너보다 힘없는 우리를 때리면서 강한 사람인 척하며 그걸 즐기고 스스로를 속이는 거지. 그걸 알면서도 맞을 수밖에 없어서 나는 억울해. 엄마 아빠에게 너를 일러바치고 싶지만 네가 아빠에게 맞는 꼴은 보고 싶지 않아. 엄마가 울고 아빠를 말리고 너를 감싸고들 때 생기는 감정들이 나도 싫거든. 하지만 이 지옥에서 벗어날 수만 있다면, 나를 함부로 때리는 네가 원래 세상에 없던 사람이 될 수 있다면……' 나는 그녀의 울음에서 이런 이야기를 듣는다. 그러나 그조차도 너무 드러나게 들으면 안 된다. 내가 듣고 있다는 것을 그녀가 눈치채지 않게 해야 한다. 내가 듣는 것을 알게 되면 그녀가 왠지 비참해질 것 같다. 시들어 고개가 꺾인 쑥갓처럼 나를 줄어들게 만들자. 물기를 빼내자. 눈물을 모르는 나는 시든 식물처럼 눈에 띄지 않게 줄어든다. 내 마음은 매끈매끈하다. 강가의 조약돌처럼 아무렇지 않다.

누구든 비참해지는 것이 싫다. 그래서 나는 밤에 식구들이 잠잘 때, 나만 혼자 문가에서 차가운 바람을 맞으며 잠들지 못할 때, 먼 별빛을 본다. 비참한 기분에 사로잡히면 나는 울게 되고, 울먹이는 소리를 들으면 부모님은 잠에서 깰 것이고, 그러면 나는 더 비참해질 것이다. 눈물은 어디서 시작되는 것인지 모르겠다. 눈물은 끝없이 흘러내릴 수 있었다. 나는 내 몸 안에 나를 '나'이게끔 만드는 보이지 않는 장치들이 있고, 그 장치들을 움직이는 아주 미세한 사람들이 있을 거라고 여기기에, 너무 슬퍼질 때면 나를 만드는 작은 '나'

들에게 부탁한다. 나보다 훌륭하게 조이고 당겨라. 눈물이 흘러나오지 않게 줄을 당겨라. 그러면 물은 거두어지고 나는 안전해질 거야. 밤은 모두에게 공평하게 오지만 그 공평한 밤이 모두에게 안전한 것은 아니다.

그런 면에서 기가 부럽다. 그는 형에게 회초리를 맞으며 울 때에도 비참해 보이지 않을 수 있는 빛나는 면을 가지고 있다. 그것은 누구에게서도 보지 못한 것이다. 어떻게 가능할까. 배울 수도 없다. 그의 부모님이 물려준 것일까. 그의 부모님은 그를 사랑하는 게 분명하다. 기 같은 아이는 누구에게든 사랑받을 수 있다. 그의 눈은 늘 웃고 있다. 그의 얼굴은 붉은 빛이 도는 여름꽃처럼 싱그러워 보인다.

그의 부모님은 말 없는 사람들이었다. 집에 그들이 들어오는 것을 우리는 정적으로 알 수 있었다. 소란스러운 방 안에서 갑자기 환하게 귀가 열리고 마당의 정적으로 눈길이 쏠린다. 마당 구석 비닐을 쌓아놓은 곳에 그의 아버지가 삽을 세우고 어머니는 머릿수건을 벗고 옷을 턴다. 갑자기 시간이 느리게 흐르는 것처럼 느껴진다. 그들 주변에 따스하고 조용한 흐름이 가득 채워지는 것을 본다. 큰형도 재빨리 그 정적을 알아챈다. 나무틀에 끼워진 유리는 불투명하고 그중 하나만

투명하다. 그 투명한 유리는 어느 날 곧 깨어질 것처럼 얇다. 큰형은 얼른 여동생을 달랜다. 달래는 것이 아니다. 협박에 가깝다. 그만 울어. 여동생은 그를 쏘아본다. 그 눈빛이 말한다. '네가 말하지 않아도 내가 다 알아서 멈출 거야. 나도 엄마 아빠한테 네가 맞는 걸 원하지 않거든.' 여동생이 쏘아보던 눈을 거두며 몸서리를 친다. 머리칼을 정돈하는 동안 여동생의 눈에 차갑게 슬픈 빛이 어린다. 나는 알고 있다. 그녀가 말하는 것을 듣는다. '큰오빠가 싫지만 아버지한테 큰오빠가 맞는 걸 보면 끔찍하고 가련해 보여. 말 못 하는 짐승들이 맞는 걸 보면 사라지고 싶을 만큼 슬퍼지는데, 큰오빠가 딱 그런 짐승들처럼 몸을 오그리고 뒹굴면 견딜 수 없어. 그를 증오하면서 동시에 그를 가련하게 여기는 순간을 피하고 싶어.'

여동생은 방과 부엌의 경계에 드리워진 푸른빛이 감도는 나일론 발을 젖히며 슬리퍼를 신는다. 씻어서 불려놓은 쌀을 안치는 동안 그녀는 숨을 고르며 마음을 진정시킬 것이다. 우리가 눈을 가리고 술래잡기를 하는 중간중간 그녀는 부엌에 들어가서 미리 저녁을 준비했다. 방 안을 어지럽히며 놀던 아이들은 큰형이 아우들을 회초리로 때리는 것까지 모두 본 후에 신발을 꿰신고 서둘러 돌아간다. 우리들 대부분은 버스가 오는 마을 중심에 살았다. 기의 집은 마을에서 한참 떨어진 곳에 있었다. 강둑을 달리거나 마을을 가로질러 들길을 한참 달려야만 도착할 수 있는 곳이었다. 어른들이 기가 사는 작은 마을을 물 아랫동네라 부르는 것을 들었지만 아이들 중 어느 누구도 물 아랫동네란 말을 쓰진 않았다. 어차피 기의 집을 제외하면 집이라곤 한두 채뿐이라 동네라고 부를 만한 곳이 아니었다. 큰아들의 이름을 붙여서 누구네 집이라 부르는 것으로 충분했다.

기의 빛나는 깨를 떠올리게 하는 특징을 나는 조심스레 그의 부모님의 사랑에서 온 것이라고 짐작해버리기로 했다. 말 없는 그들이 자아내는 해거름의 정적은 무엇보다 그들이 사랑으로 하나인 것을 느끼게 했다. 나는 그들이 고개를 숙인 채 동화에 나오는 아름다운 남자와 여자의 모습을 감추고 있다고 생각했다. 그들이 어딘가에서 도망쳐 이 벌판에 이른 것은 사랑 때문이라고 들은 적이 있기 때문이다. 그들은 함께 살고 싶었지만 그들의 고향에서 결혼을 허락하지 않았다. 그리하여 그들은 아무도 그들을 모르는 이곳까지 도망을 와야 했다. 마을의 외곽에는 그런 집들이 아주 띄

엄띄엄 있었다. 그 집들 대부분은 우리에게 낯선 곳이었다. 이 집들은 세상의 끝에 있는 집들인가. 나는 길의 끝을 잘 알지 못하지만 막연히 그들의 집이 세상에서 동떨어진 곳에 있다는 느낌을 받곤 했다.

동네를 빠져나와 기의 집으로 걸어가는 길에 종종 바람이 만들어지곤 했다. 그 집으로 향하는 강둑에서 나는 바람을 맞으며, 바람을 거슬러 걸으며 몸이 휘청거리는 경험을 했다. 그것이 기의 집으로 향하는 길을 더욱 특별하게 느끼도록 했다. 학교에 입학한 후로는 오후가 되면 매일이다 싶게 자주 그 길을 걸었고, 무언가를 무릅쓰고 찾아가는 경험을 그 후로도 오래 잊을 수 없었다.

기가 웃을 때면 그 순간 반짝이는 깨가 날아와 박히는 것 같아서 나는 가슴이 꼬집힌 듯 저릿한 순간을 경험했다. 어느 날 기가 오른뺨을 거의 가릴 정도로 큰 반창고를 얼굴에 붙인 적이 있었다. 개가 문 것이라고 했다. 큰 병원까지 다녀왔다는데 그는 그대로였다. 희고 큰 반창고가 작고 거무스름한 그의 얼굴에 붙어 있는 것 말고는 변한 것이 없었다. 나는 그 반창고를 떼서 거기 정말 상처가 있는지 보고 싶었다. 그는 무엇에도 상처를 입을 사람이 아닐 것 같아 보였으니까. 그날은 그의 곁에 있는 내내 반창고를 한 번만 떼고 상처를 보여달라 말하고 싶은 것을 참아야 했다. 나 같으면 궁금해서 반창고를 떼고 거울 앞에 가 몇 번이고 상처를 봤을 텐데, 그는 얼굴에 붙어 있는 반창고는 물론이고 자신이 입은 상처마저도 기억하지 못하는 사람처럼 보였다. 내 안에서 나를 움직이게 하는 아주 작은 '나'들이 끝없이 말을 뱉고 다투는 불안한 난쟁이들이라면, 그의 안에서 그를 잡고 있는 작은 '기'들은 여름날 꽃밭에 콕콕 박혀 있는 검은 씨앗들 같았다. 고요하고 변함없는……

그는 집안의 가장 어린 사람이었으나 내겐 그가 가장 어른처럼 느껴지곤 했다. 어쩌면 그가 천으로 내 눈을 덮는 순간 느껴지던 믿음직스러움 때문인지도 모르겠다.

그가 내 눈을 덮을 때 나는 그로 인해 근사해졌다. 그는 근사한 빛을 가지고 있고 그와 나 사이에 벌어지는 일도 근사해지는 것 같았다. 그는 어떤 것에도 변하지 않는 단단한 뼈를, 빛남을 지니고 있었다. 점심에 항상 입을 둥글고 크게 벌리고 가득하게 많은 밥을 먹었지만 그는 조금도 살이 찌지 않았다. 살이 붙지 않는 상태에서 그저 조금씩 몸이 자라나고 있었다.

기는 동네의 여러 아이들과 다르지 않은 한 명으로 나를 대했다. 나는 다른 아이가 되어보고 싶었다. 그의 손이 다른 아이들의 어깨를 잡을 때도 내 어깨를 잡을 때처럼 그렇게 간결하고 기분 좋은 강도를 만드는지 알고 싶었다. 그가 다른 아이들의 어깨를 잡을 때 그의 손과 표정을 유심히 지켜보곤 했지만 다른 점을 찾을 수 없었다. 그의 눈은 물론이고 아이들의 표정에서도 특별한 점을 찾을 수 없었다.

내 등 뒤에서 기가 밤색 천으로 내 눈을 덮어올 때, 내 눈을 완전히 감싸고 덮기 전에 내 가슴은 세상과 작별하는 큰일을 앞둔 양 터질 듯 차오르다 이내 고요해진다. 내가 취할 수 있는 가장 큰 고요는 눈을 감으면 생겨나는 어둠을 깊이 바라보며 시간을 가늠해보는 것이다. 내 눈이 그의 손에 의해 덮이기 전이다. 그가 쥐고 있는 밤색 천이 내 눈을 완전히 덮으면 시야에 어른거리던 것들은 모래 위에 그려놓은 형체를 손바닥으로 지워 없애듯 사라진다. 감쪽같다. 나는 눈을 살짝 떠보고 싶지만 참는다. 그런 행동은 이 순간에 불필요한 짓이 된다. 잠자코 있으면 된다. 나를 정적에 가두도록 둔다. 맨드라미에 박힌 씨앗이 된다. 단단하고 검은 분꽃 씨앗을 깨트릴 때 만나는 희고 고운 가루가 된다.

말 없는 분말들이 조용히 몰려든다. 젖어들거나 무르지 않는다. 나는 그대로 있다가 잠자코 검고 가느다란 것이 되고 만다.

눈을 막으면 아무것도 보이지 않는다. 눈앞에서 사라진 마지막 물상들은 내가 마주한 곳의 오른쪽에 쌓인 쌀가마들, 내 앞을 웃으며 스쳐 지나간 범이의 머리카락, 범이의 동생이 팔짝 뛰는 모습. 내 동생들은 보이지 않는다. 내 동생들은 어디로 갔지? 엄마 아빠를 따라 서울에 갔다. 거기서 무슨 졸업식이 있다고 했지. 이런저런 생각들이 밀려든다.

암흑에 있는 기분은 매끈하고 검은 미끄럼틀에서 계속 미끄러지는 것이라고 생각한다. 끝이 없지만 어지럽거나 지루하지 않다. 나는 나를 유인하고 도망치는 박수 소리가 들리는 곳을 향해 몸을 돌린다. 나는 나를 커다란 배로, 둔하게 움직이는 선체로 느낀다. 뱃머리를 돌릴 때 발에 힘을 주지 않으면 곤장 넘어질 것 같다. 나는 미묘한 자괴감에 빠질 것 같은 순간을 만난다. 그 자괴감은 가짜이다. 그것은 나한테서 나온 자괴감이 아니라 이 동작이 가져다주는 감정이다. 내가 학습한, 내게 새겨진 무수한 감정들을 몸이 움직이고 도는 방향에 따라 우연히 만나는 것이다. 나는 가짜 감정에, 자괴감에 깊이 빠지지 않아야 한다. 그 자괴감에 빠지면 나는 영락없이 아홉 살이 아닌 여섯 살이 된다. 아니, 나이조차 가늠할 수 없는 어린애가 된다. 나는 바닥에 주저앉아 엉엉 울게 될 것이다. 나를 채우던 뿌듯함과 믿음을 잃은 채 울 것이다. 무서워, 더 하기 싫어, 답답해, 벗겨줘.

그러나 나는 기로부터 믿음을 이어받았다. 나는 의젓해졌고 내 척추는 나를 부족함 없이 일으켜 세워 나를 유지하고 있다. 서 있는 나는 어떤 모습일까. 그들이 지금 나를 우스꽝스럽게 보고 있을 것이란 생각은 스쳐 가게 둔다. 내 주변을 오가는 분주한 움직임 속에 다양한 감정이 들어 있다. 놀랍다. 그들이 이토록 빨리 행동을 취하고, 그 행동을 감쪽같이 감추는 능력을 가지고 있다는 것이. 잽싸고 조심스럽게 놀리고 조롱하려던 것을 감춘다. 장난을 치면서 장난을 들키지 않게 한다. 누군가가 내 등을 쿡 찌른다. 나는 넘어지려다 간신히 균형을 잡는다. 울고 싶은 마음이 되지만 그것 또한 잘 참는다. 기가 내 등을 쿡 찌른 아이의 팔을 잡고 그렇게 하는 건 반칙이라고 알려줄 것을 나는 안다. 그의 눈은 웃고 있을 것이다. 그는 눈웃음으로 모든 것을 평온하게 만든다. 그가 만드는 평온이 매일 이 집으로 아이들을 모이게 하는 비밀일지 모른다.

그의 집에 올 때 어떤 아이는 계란을 들고 온다. 점심시간이 되면 기는 검고 커다란 프라이팬을 꺼내 마가린을 크게 두 숟가락 떠 넣고 서서히 녹이다가 밥을 볶는다. 미묘한 순간에 그는 조선간장을 숟가락에 따라 밥 위에 뿌린다. 계란이 있는 날은 계란이 들어가고 계란이 없는 날은 그저 간장볶음밥이 된다. 아이들은 많이 먹는다. 나는 아이들 틈에 앉아서 먹는 것이 부끄럽다.

어느 날인가 나는 엄마에게 그 집에서 먹는 간장볶음밥을 우리도 해 먹으면 좋을 것 같다고 의견을 냈다. 엄마는 그런 것은 몸에 좋지 않으니 너는 거기서 밥 먹지 말고 집에 와서 제대로 먹으라고 했다. 이후로 나는 그 밥을 먹을 때마다 엄마 몰래 나쁜 짓을 하는 것만 같은 생각에 기꺼이 한자리를 차지하고 들어가기 힘들었다. 그렇게 뒤로 빠져 있으면 기는 다른 아이들에게 자리를 만들게 하고 내게 더 가까이 오라고 한다. 나는 내게 그렇게 자리를 만들어주는 순간의 기가 몹시 좋지만 숟가락을 들고 프라이팬의 가장자리를 건드는 시늉만 한다. 그를 실망시킬까봐 마음이 편치 않지만, 좋은 것과 나쁜 것이 공존하는 순간이 어김없이 또 왔다고 생각한다. 나는 모든 순간에 어떤 생각을 한다. 생각을 멈출 수 없어서 간혹 은에게 묻고 싶다. 혜에게도 묻고 싶다. 너도 1초마다 생각을 하니? 언젠가부터 나는 좋은 감정과 불안한 감정이 동시에 들 때 나를 잘 견뎌야 한다고 생각하게 되었다. 그의 친절을 생각하고 그의 친절을 맘껏 고마워하고 나머지는 견디는 것이다.

그렇게 아이들이 둥글게 모여서 숟가락을 들고 부지런히 밥을 입으로 가져가는 것을 보면 나는 자연스레 외가의 헛간에 사는 동물들을 떠올리곤 했다. 친구들을 보며 돼지를 닮았다고 생각하는 것은 좋은 일이 아닌 것 같지만, 둥근 프라이팬에 모여든 어떤 형태가 그것을 떠올리게 했다.

돼지우리 안에 밥을 쏟으면 배설물과 음식물을 몸에 묻힌 살찐 돼지들이 쿵쿵대며 하나둘 모여들었다. 외할아버지는 아침마다 전기밥솥의 찌그러진 내솥에 밥과 국과 남은 반찬을 넣어 섞은 후 한 손에는 그 섞은 것을 들고 다른 손으로는 내 손을 잡은 채 동물들이 사는 길 건너 헛간으로 갔다. 외가의 건너편엔 농기구를 고치는 창고와 동물들이 사는 헛간이 있었다. 돼지들은 어마어마하게 몸집이 컸다. 가끔 생각했다. 저렇게 무겁고 큰 몸으로 왜 울타리를 부수지 않는지, 왜 낮고 낡고 허름한 지붕을 들이받지 않는지. 돼지들은 할 수 없는 것이 아니라 받아들이고 있는 것 같았다. 돼지로 머무는 역할을. 그 안에서 쿵쿵대고 처음을 알 수 없게 뒤섞인 혼란 자체인 음식을 받아먹는 것을. 머리로 받으면 나가떨어질 내 몸을 가만둘 것을. 할아버지가 밥솥을 들고 걸을 때면 나는 조마조마했다. 그는 밥솥을 한 손으로 받쳐 들거나 제대로 쥐고 있지 않았다. 밥솥은 늘 그의 손끝에서 미끄러져 내릴 것처럼 보였다. 그는 그가 들고 있는 것을 신경 쓰지 않았다. 심각한 각도로 기울어져 있는데도 밥솥에서 내용물이 흘러내리지 않는 것이 이상하고 신기했다.

그는 왜 밥솥을 제대로 들지 않는 걸까. 나로 말할 것 같으면 그것을 할아버지에게 물을 만큼 당돌한 소녀가 아니었다. 그의 손을 내 손으로 받쳐 들거나 그 솥을 그에게서 건네받고 싶은 마음이 가득했지만, 그것보다도 할아버지가 자신의 손이 하고 있는 일을 아는지 모르는지가 더 궁금했다.

궁금한 것을 모두 물을 수는 없었다. 궁금한 것이 떠오르면 그것을 소리 내어 묻기보다 나도 모르게 질문의 구멍 속으로 들어가곤 했다. 물을 생각을 하지 못한 채, 질문이 만든 구멍 속으로 들어가 그것을 한동안 아득하게 들여다보며 생각해야 했다. 그 구멍은 검고 유려하며 형체를 가진 무엇도 가두지 않은 비어 있는 곳이다. 그 구멍 속에는 소리를 먹는 막이 있다. 나는 분명 그것을 알 수 있다. 그 막으로 인해 생긴 정적은 밀도가 높고 따뜻해지기 직전의 온도를 가지고 있다. 온도가 올라가면 막은 녹아내린다. 나는 질문 속에 잠겨 할아버지가 진정 자신의 손이 하는 것을 아는지 모르는지 생각하다가 걸음이 느려진다. 할아버지가 어이, 하며 나를 툭 건든다. 할아버지는 내가 종종 어떤 곳으로 사라지는 것을 알고 있었다. 그는 나를 툭 칠 때마다 웃곤 했다. 나는 잠에서 깨듯 놀란 눈으로 그를 본다. 그가 웃으면 눈가에 굵은 주름이 잡힌다.

그의 눈썹과 눈 사이에는 꽤 굵고 검은 털들이 꽂혀 있다. 나는 그것이 신기해 무례하게도 할아버지가 나를 안아줄 때 그 털들을 만지곤 했다. 그것이 어딘가에서 와서 거기에 꽂혀 있다는 것을 그가 모르는 것 같았다. 내가 발견한 검고 빳빳한 털을 떼어내 보여주고 싶었다. 그러면 그는 얼굴을 피하거나 찌푸리지 않고 오히려 웃으면서 더 겹겹의 주름을 만들었다. 그의 살갗은 두껍고 딱딱해 보인다. 나는 그의 굵게 겹쳐진 주름을 보다가 달의 표면이나 여름 냇가에서 보았던 죽은 개의 목덜미를 떠올린다. 그의 살을 꼬집어본다. 내 안의 작은 '나'들 중에 가장 호기심 강하고 생각 없는 '내가' 한 짓이다. 그의 살이 그 여름의 죽은 개처럼 혹시 죽은 것은 아닐까 무서워져 꼬집은 것이다. 그는 피하지 않는다. 그는 웃는다. 기에게 사라지지 않는 깨가 있다면, 그에게는 크고 무르고 한없이 가라앉는 눅진한 연못이 있다. 그가 웃을 때 무겁고 오래된 연못이 보인다. 그의 눈을 보면 눈물이 난다. 갑자기 그가 사라질 것 같다.

그는 내 엄마에게 나를 때리거나 혼내지 말라고 여러 번 말한다. 엄마는 그 말을 여러 번 어긴다. 할아버지의 연못은 모든 것을 삼킨다. 통증을 삼킨다. 내 것이지만 내가 따라 들어갈 수 없을 만큼 오래된 두려움과 불쾌함을 삼킨다. 삼켜서 원래부터 없는 것처럼 만든다. 할아버지의 피부가 죽거나 굳은 것이 아니라 어쩌면 고통을 느끼는 감각 혹은 그가 태어날 때부터 지니고 있던 화를 내는 장치가 죽은 것일 수 있다. 그가 어깨 한쪽을 잃은 사람처럼 움직이는 것은 그런 죽은 부분들이 드러나는 것일 수도 있다. 그의 피부 곳곳에 딱딱한 죽음이 얹어져 있다. 그 죽음들로 인해 그는 세상에서 가장 부드러운 사람이 되었다. 나는 그의 연못을 마음껏 드나들면서도 그를 어려워했다. 그가 나에 대해 너무 많은 것을 아는 것 같았기 때문이다. 나는 나쁜 것을 많이 봤는데, 그 나쁜 것이 내게 새겨져 있는 것 같은데, 내게 새겨진 나쁜 것을 할아버지가 알아챌까봐 두려웠다. 그는 알아챘을지도 모른다. 그것이 그를 슬프게 했던 것 같다. 그는 찬 공기가 콧속을 파고드는 문풍지 사이에 얼굴을 묻고 깊은 잠을 이루지 못하는 밤에 엉덩이 아래가 차고 축축해지는 기운에 깨어나 곧장 눈물을 뚝뚝 흘리는 내 흩어진 잠을 모두 알고 있을 것이다. 그는 자신의 딸이 아버지의 당부를 어길 것이란 걸 안다. 그는 자주 내 손을 잡고 들길을 걷는다. 걷다가 나를 꼭 껴안고 내 어깨를 잡아서 들어 올린다. 강 너머 마을이 보이냐고 묻는다. 아니요. 나는 대답한다. 그가 나를 더 높이 들어 올린다. 강 너머 마을이 보여야 한다고 말한다. 나는 안 보인다고 한다. 그가 나를 들어 올리는 손에 부드럽게 힘을 가하고 내 겨드랑이를 간질이면 보여요, 보여요, 나도 모르게 말하게 된다. 나는 내려와서 다리에 힘이 풀려 쓰러질 듯 웃는다. 나는 그것이 그가 바라던 것임을 안다.

  외할아버지는 죽었다. 자신의 고통을 드러내지 않

는 면에서 나는 그가 마을의 개들과 닮았다고 생각했다. 개들은 짖을 줄 알고 비명처럼 외칠 줄 알았지만, 그들의 몸은 그들의 외침이 진행될 때에도 고통과 상관없는 형체처럼 보였다. 그 몸은 딱딱해진다. 개들의 외침은 일찍부터 외면당해왔다. 개들이 아무리 울부짖어도, 마을을 둘러싼 숲 가장자리까지 그 파장이 미치도록 크게 짖어도 다만 멀리 흩어져 사라진다. 비명이 결국 사라진다는 것을 알고 사람들은 귀를 막지도 않은 채 비명 속을 걷는다. 개들은 딱딱해져간다. 개들이 자꾸 죽는 마을은 좋은 마을이 아니라고 나는 길을 걷다가 문득 말한다.

    외할아버지는 뇌를 여는 큰 수술을 받았다. 수술대에 올려진 그의 발은 세워진 후 잊혀서 서서히 모서리가 부서지고 있는 잿빛 교각처럼 보였다. 발등과 발바닥엔 짙고 검은 선이 된 상처들을 가지고 있었다. 뇌를 열어둔 그는 고통과 별개인 평온한 사람처럼 보였다. 의사들이 그의 뇌를 열고 들여다보던 시간에도 그는 내 곁에 있는 것이 가능했다. 고개를 왼쪽으로 숙이면 물이 흐르듯 할아버지의 흔적이 귓가로 모여들었다. 그의 걸음을 듣는 것 같았다. 그가 지나간 자리들에 그가 사라진 후 낮게 흐르는 물의 움직임이 생겨나 있었다. 나는 그 물 안에서 조금 자랐던 것 같다. 그의 연못은 무언가를 보호하고 길러내주는 곳이었다. 사라질 듯 미미한 사이들을 흐르며 감싸는 곳이었다. 아픈 자리로 스며드는 뜨스한 온도가 허물어진 곳으로 둥글게 들어오며 마음을 안심시키듯, 개들이 살갗이 붉게 드러난 자신의 다리를 혀로 정성껏 핥아내듯, 그의 연못이 나를 감싸고 있는 동안 다친 자리들에 새살이 돋아나고 생장점에 물이 스미듯 열기와 함께 살 같은 기쁨이 고요히 자라나기 시작했다.

기는 아이들을 모이게 하고 밥을 먹이고 놀이를 함께 한다. 기가 내려놓은 프라이팬에 둘러앉은 나는 다시 외할아버지의 헛간에 사는 돼지들이 된 기분을 느낀다. 아무도 기에게 고맙다고 말하지 않는다. 쿵쿵대며 모여들어 숟가락을 들고 먹음직스러운 부분을 가득 퍼서 입으로 가져간다. 밥은 충분히 많다. 기는 아이들이 배불리 먹고도 남을 만큼 밥을 한다. 그것이 열두 살 기가 가진 마술 같은 능력이고, 그것에 의지해 따분한 우리들은 하루를 보낸다. 하지만 아무도 기에게 고맙다고 말하거나 특별하게 대하지 않는다. 오히려 조금씩 응석을 부린다. 그는 마치 우리의 부모나 된 것처럼 우리의 응석을 받아준다.

그는 어디에서 온 사람일까. 성인이 된 후 나는 기를 생각할 때마다 먼 곳에 서 있는 석등을 떠올리곤 했다. 석등은 자신의 내부에서 밖으로 보내는 빛에 은은하게 둘러싸여, 가까이 다가가도 투박하고 거친 면을 쉬이 드러내 보이지 않는다. 밥이 든 팬을 내릴 때 기의 눈에서 아주 세밀한 빛들이 떨어진다. 그는 기쁘다. 둥근 팬 위에 그의 눈에서 떨어진 빛이 쌓인다. 그 빛은 모두를 먹일 수 있을 정도다. 그런 것을 하면서도 아무렇지 않은 기. 그는 자신이 내려보낸 빛이 광야의 만나처럼 누군가를 먹이고 있다는 것조차 모른다.

기가 헝겊을 들고 와 내 뒤에 설 때, 내 눈이 완전히 가려지기 직전 세상에 작별을 고하는 마음이 될 때, 나는 심각한 장난의 세계, 무법의 세계로 미끄러져 들어가고 내게 함부로 하는 사람이 없음에도 불구하고 인정사정 봐주지 않는 낯선 곳으로 끌려 들어간다는 생각을 멈출 수 없다. 그래서 더욱 슬퍼지려는 마음을 누르고 작별을 한다. 끝나지 않을 것 같은 그 검고 미끄러운 상태의 시간은 그러나 생각보다 쉬이 끝난다. 공기가 흐름을 바꾸듯 어둠의 깊은 곳이 쏴아 나를 스치고 가면 그가 내 눈을 덮고 있던 기다란 밤색 천을 푼다. 그리고 아이들이 하나의 그림자처럼 일제히 방을 빠져나간다. 신발을 꿰어 신고 밖으로 간다. 누가 먼저랄 것도 없이 방에서 노는 시간이 길어지다보면 아이들은 기의 집을 빠져나와 동네를 지나 멀리 한 바퀴를 돌고 왔다. 특별히 누군가가 선두에 서서 알려주지 않아도 아이들은 흩어지지 않고 무리 지어 움직이는 벌들처럼 갈림길에 서면 골목 이쪽과 저쪽 중 한 곳을 향해 일제히 몰려가고, 세워진 경운기가 있으면 언덕을 오르듯 다 함께 올랐다가 뛰어내렸다. 탱자나무 울타리가 있는 기와집은 꼭 끼고 돌아야 했다. 마치 모든 길은 탱자나무 울타리로 통하는 것처럼 흩어지지 않는 대열은 그곳을 향해 달리기 시작했다. 탱자는 먹을 수 있는 열매가 아니었지만 기다리다보면 먹을 수 있는 방법을 찾을 것 같은 기대를 주곤 했다. 먹지 않아도 손에 쥐고 만지는 동안 그것의 향과 맛을 가늠할 수 있었다. 손에 탱자를 쥔 아이들의 표정은 그렇게 느낄 수 있는 맛의 가장 깊은 곳까지 도달하느라 고요해지곤 했다. 나는 달리는 동안에도 방을 생각하길 멈추지 않았다. 우리 중 어느 누구도 사실은 그 방을 완전히 떠나지 않았을 것이다. 우리에게서 떨어진 작은 가루들이, 우리의 일부가 그곳에 있다. 검은 고양이가 쌓인 이불 위에 길게 앉아 우리를 지켜보다 지루한 듯 눈을 감는다. 우리는 방을 잠시 비운 것이지 다른 곳으로 완전히 이동한 것이 아니다. 아이들의 얼굴은 발그레하다. 그중 기의 뺨은 가장 붉고 둥글다. 붉고 따스한 뺨에 방의 기운이 묻어 있다. 그의 얼굴에 감도는 빛이 말해준다. 그가 이것을 기꺼이 함께 하고 있다는 것, 그가 아이들을 먹이고 그의 방을 책임진다는 것, 가족들이 그것을 그에게 온전히 맡겼다는 확신, 이 모든 것으로 인해 그는 기쁘고 우리는 그 방을 가질 수 있었다.

그 방에선 자라남이 진행되고 있었다. 나는 그 방에서 풍겨오는 뜨거움의 정체를 자라나고 있는 무엇으로 느꼈다. 그것이 너무 물씬 풍겨올 때 나는 나의 자라남에 공포를 느꼈다. 그 공포를 아는 아이들은 셔츠 속으로 손을 집어넣어 그것을 부풀리고 있었다. 오로지 성장에 몰두한 시간을 어렴풋이 알고 있던 방에 모인 아이들은 서로의 자라남을 유심히 지켜보고 있었다. 우리 모두 스스로의 성장에 공포를 느꼈다. 언젠가 이 시간을 끝낼 것이다. 언덕의 막바지에서 아래를 내려다보던 어느 생생한 봄날을 우리의 뇌리에서, 정신 속에서 마주할 것이다. 나와 같은 처지에 있는, 내가 바라보고 있는 아이들의 성장을 느낄 때 한 세계의 낯선 표정을 보듯 두려웠다.

 행성의 표면이 갑자기 짙은 풀로 뒤덮이거나 거뭇하게 바뀌는 것, 그것이 갑자기 붉고 매끈하게 바뀌는 것. 그런 모든 외부의 변화들이 성장하는 아이들의 분위기, 목소리와 얼굴, 몸짓과 눈빛 모든 것에서 풍겨왔다. 이 모두가 서로에게서 느끼고 감지할 수 있는 변화였다. 탱자나무 가시를 뜯어 아이들이 서로를 찌르며 하릴없이 펼치는 어떤 놀이들은 성장을 감추기 위한 방어막이었다. 우리의 방어는 서로를 찌르는 장난으로 이뤄졌다. 그 장난은 우리에게 미지와 힘이 있다는 걸 확인시켜주곤 했다. 장난을 하는 동안 내 안에서 낯선 내가 나를 넘어서려 했다. 어딘가에서 거친 손길처럼 미움이, 껴안고 싶은 친밀함이 왜 순서 없이 솟아오르나, 나는 다시 공포를 느꼈다. 어딘가에서 온 멀고 먼 사람이 마치 나인 것처럼 내 안에서 나를 조종한다고 느끼는 순간, 나는 웃는다. 이상한 희열이 몸을 감쌀 때 그것을 벗어날 생각을 하지 않고 기억하려 애썼다. 아이들과 헤어져 집으로 돌아오는 길에 길고 긴 물음을 만들었다. 내가 마주친 '나'이면서 예상치 못한 낯선 정체에 대해, 언제부터 그 정체는 스스로를 속이고 내 안에서 자라나고 있었는지, 그것은 좋은 것인지 나쁜 것인지, 좋은 것과 나쁜 것의 구분은 어디서 생겨나는지, 이 안의 모든 생각을 신은 알고 있는지, 우리는 이런 생각들이 자라나도록 처음부터 설계되었는지, 이것을 어떤 물음으로 만들어 누구에게 물을 것인지. 너도 그런 생각을 하고 있니? 단순하게 말하자. 너도 알고 있니? 네가 생각하는 것보다 훨씬 더 많고 더 나쁘고 무서운 존재가 네 안에서 자신의 정체를 숨기고 있다는 걸.

그렇게 생각에 몰두하다보면 아이들의 얼굴을 한 명씩 떠올리게 됐다. 그럴 때 떠올리는 얼굴들은 꽃잎의 가장자리처럼 너무 생생하고 또한 생경하다. 무엇이든 자세히 보면 생경한 것이 되어버리는 순간이 온다는 것을 알고 있지만 한번 그 생경함에 빠지면 다시 돌아오기 힘들었다.

나도 모르는 사이 내 발이 나를 집 앞으로 이끌었다. 사립문 앞에 서서 멍하니 있는 나를 엄마가 불렀다. 나는 문득 발에 무엇이 걸려 넘어지는 사람처럼 놀라 길에서, 생각 위에서 집으로 돌아간다. 영영 돌아가면 안 될 곳이 집인 것 같은데 아직 내게 집 말고는 달리 돌아갈 곳이 없다. 나는 문을 통과하며 뒤를 돌아다본다. 미세하고 푸르스름한 저녁의 기운 속에 수런거리는 소리들이, 무엇이 가득하다. 무엇이 가득하지만 비어 있다. 더 먼 곳으로 시선을 향하고 싶지만 돌아가야 한다. 이 마을을 벗어나면 이 마을의 가장 먼 둘레는 침묵과 어둠으로 둘러싸인 진공 상태일 것 같다. 아직 그것을 확실히 뒷받침할 증거를 찾지 못한 것이 아쉬웠다.

    진공의 공간은 이런 것이다. 가장자리가 침묵과 미세한 어둠의 가루들로 뒤덮여 흐르는 그러나 그것들이 눈에 보이거나 느껴지지 않는 비어 있는 공간이다. 그리고 그 공간 안에 마치 유일한 생명체처럼 마을이 있다. 그 마을 안에 나는 살고 있다. 아직 내 의식 속에는 마을을 벗어나면 그곳은 꿈에서 한없이 낙하하는 허공처럼 비어 있을 것 같은 예감이 있다. 두렵지 않지만 나는 그곳을, 마을 밖을 향한 모험을 떠날 수 없다. 내가 세상에 처음 올 때 내게 강하게 새겨진 메시지, 바로 마을에 머무르라는 메시지가 있었기 때문이다. 나는 그 메시지를 삭제할 방법을 생각해왔다. 그 메시지가 어디서, 왜, 얼마나 강하게 새겨졌기에 나는 이곳을 떠나지 못하는 것일까. 내게 떠나고자 하는 의지가 가득하다는 것을 나는 놀랍도록 자주 발견한다. 그리고 그것이 가능하다는 것도 알 수 있다. 그럼에도 메시지를 벗어나지 못하는 것은 흔히 말하는 운명에 가까운 것인가.

    나는 운명을 말하며 새의 날개를 떠올린다. 활공하는 새의 날개는 운명의 절박함을 느끼게 했다. 땅을 떠나 높이 오르도록 결정된 이동 방식. 내가 갖지 않은 능력인 비행을 가능하게 하는 놀라운 기관. 설령 거대하지 않아도 공중을 가로지르는 '이동' 능력을 갖도록 결정된 것. 그리고 몸체가 늘 하늘 가까이 있는 것은 내게 충분히 운명의 이미지를 떠올리게 했다. 그러면서 나는 동시에 새의 대척점에 있는 것 같은 뱀의 운명을 생각하곤 했다. 뱀은 땅을 떠나 다른 곳에 이르지 않는다. 마을의 아이들이 풀숲에서 긴 동물을 잡아 팔에 걸고 뱅뱅 크게 원을 돌리다 멀리 날려 보내기를 실행할 때면 나는 몸이 아팠다. 눈물이 흘렀다. 이미 충분히 고통스러운 운명을 지니고 있는데 다시 던져지다니. 자신이 살아내고 있는 운명에서 또다시 꺼내어지다니. 우리를 사로잡은 뱀이, 기이하게 뒤틀리듯 움직이는 형체가 우리의 시야에 온전히 드러날 때 나는 뱀이 느낄 무참함을 느꼈다. 나는 뱀을 나 자신으로 느꼈다. 뱀에게도 공포가 있을까. 낯섦에 대한 감정이 만들어질까. 날아가는 공포를, 공기의 압력을 가르는 기분을 알까. 나는 내던져지는 공포를 알고 있다. 나보다 덩치 큰 이가 나를 멀리 날릴 때 느끼던 '그러나 이내 추락할 것이다'로 이어지는 덧없는 좌절을 알고 있다.

더 늦기 전에 나는 집으로 들어가야 한다. 나는 천천히 걸음을 멈추고 옷을 벗는 법을 떠올린다. 뱀의 허물을 그리듯 떠올리며 내 허물을 벗어내는 연습을 한다. 내게도 피막과 같은 보이지 않는 막이 있다. 그 막은 진짜 '나'이다. 집으로 갈 때 나는 진짜 나를 벗어두고 간다. 그것이 내게 필요하다. 단지 폭력이나 미움, 무관심에 대응하기 위해서가 아니다. 나의 일부는 이 평원의 더 너른 곳을 다녀와야 한다. 내가 밤에 누리지 못하는 모험과 덧없는 경계의 드나듦을 경험해야 한다. 그것은 꿈과 현실의 경계에서 무디게 자라나는 빛깔로 이뤄져 있다. 지평선과 수평선까지 내가 벗어둔 얇은 막은 나를 벗어나 나만큼의 무게를 잃고 날아오른다. 그 얇은 장막이 펼쳐져 새로운 날이 오면 새로운 상처를 얻은 내 몸에 와서 다시 하나가 되어 스민다. 그러면 나는 밖으로 나가 들을 걷고 강둑을 달려 기의 집에 다시 갈 수 있다.

나는 여전한 두려움을 오히려 마음을 지탱하는 한 축으로 삼고 아이들에게 합류한다. 기름진 밥을 먹고 고양이를 모르는 척한다. 고양이는 나를 모르는 척한다. 아니, 고양이는 내게 관심조차 없다. 그러나 나는 검은 고양이를 그냥 지나칠 수 없다. 쌓여 있는 이불 위에서 아주 가끔만 사뿐 내려와 아이들 사이를 걷는 검은 고양이는 그 무엇보다 이 방에서 안정된 성장을 이룬 완성된 존재 같다. 고양이는 아무것도 필요로 하는 것이 없다. 남모르는 결핍을 지니고 있는지도 알 수 없다. 눈을 가느스름하게 감은 것인지 뜬 것인지 모르게 앉아 있는 이불 위는 통치 기간 동안 태평성대를 이룬 왕의 자리처럼 확고하고 견고하다. 검은 고양이의 움직임에는 위엄이 있고 그 어떤 것도 그를 위협할 수 없으리란 확신이 보인다. 아이들은 심지어 고양이가 지나가면 알아서 자리를 비켜준다. 고양이는 물을 핥거나 밥을 먹은 다음 제자리로 돌아간다.

아이들 중 어제와 다른 얼굴을 하고 있는 서너 명이 있다. 그들은 얼굴에 상처를 지녔거나 상처가 없더라도 어딘지 움푹 파인 표정을 하고 있다. 유독 말수가 줄어들었거나 지붕을 뚫고 나가고 싶은 사람처럼 소란을 피우는 아이가 있다. 우리는 그 모든 변화를 말하지 않아도 알고 있다. 한번은 내가 그 소란을 피우게 될 것이다. 한번은 나의 말이 줄어들 것이다. 한번은 강둑에 몹쓸 바람이 불고 내가 그 바람을 잔뜩 머금고 들어와 이 방 안의 공기를 흩트릴 것이다.

    지난 저물녘 내가 벗어둔 얇은 막이 어떤 곳을 돌아 왔을지 나는 알 수 없다. 한 아이가 자정에 칼자루를 입에 물고 대야에 받은 물을 들여다보면 미래의 신랑감이 보인다는 말을 한다. 어쩌면 내 얇은 막은 밤에 내가 모르는 미래의 내 운명의 사람들을 모두 거치고 오는 것일까. 그들은 내게 지금 필요한 양분을 조금씩 내주고 나는 그 양분을 얻어 다시 오늘을 맞는 것인가. 그렇게 아득한 곳으로 흘러갈 수 있는 사람이 나인 것을 잊지 않을 때 안전해지는 기분을 얻는다. 그리고 주변의 아이들을 한 명 한 명 둘러본다. 눈빛으로 모두의 얼굴을 쓰다듬고 내가 가진 온기를 내주고 싶다. 안전하기를. 내일은 저 얼굴의 파인 곳에 차오르는 부드러운 살결이 온몸을 빛나게 하는 효과를 낼 수 있기를. 기적보다 더 기적에 가까운 것을 믿는다. 기적을 행하는 이야기를 들을 때마다 나는 이미 기적에 가까운 것을 아이들을 보며 경험하고 있다고 믿었다. 아이들이 매일 바뀌는 것. 그것은 여름을 향하는 들판의 초목이 매일 새로운 빛을 건네는 것처럼 신기한 일이었다. 나는 그들이 친구라는 생각을 하지 못한다. 그들은 매일 바뀌고 우리의 친밀함은 우리 사이를 흐르는 어떤 막을 통해 다른 곳으로 전이된다.

    나는 누군가를 친구라고 생각해버리면 그리고 친구라는 말이 내포하는 많은 의미들에 나를 맡기면 혼란에 휩싸일 것 같다. 그들은 친구라는 역할에 포함되는 행동만을 하도록 계획되어 있지 않기에, 내가 의미를 부여할수록 내가 어렴풋이 그리는 동그라미에서 점점 멀어지게 될 것이다. 사실 나는 친구라는 말에 포함되는 행동이나 마음을 잘 구분할 수 없다. 만약 친구가 된다면 내가 아직 알 수 없는 기준들을 지켜야만 할 것 같은데 나는 그럴 자신이 없다. 나는 나로부터 종종 사라지고 내가 어떠했는지를 자꾸 잊어버린다는 것을 스스로 알고 있다. 다른 사람을 나와의 관계에서 확고한 곳에 위치시키는 것은 불가능하다는 생각을 했다. 처음부터 모르는 사람처럼 대하는 것이 안전하다. 내가 그러한 시선을 가지고 그들을 향하면 그들 역시 내가 뿜어내는 분위기를 파악하고 분위기를 맞추듯 자신들의 태도를 결정한다. 우리는 상호간의 암묵적인 결정을 통해 안전해지고 가까워진다.

    태가 저기 앉아 있다. 태는 어떤 의미로든 예쁘지 않다. 태는 몸 여기저기에 상처를 가지고 있다. 태는 자주 함께 하는 놀이에서 빠져나와 상처가 굳어 생긴 딱지를 뜯는다. 태는 조금 커다란 딱지를 뜯으면 그것을 오래 만지작거리며 유심히 들여다보고 곁에 있는 동생에게도 보여준다. 태의 동생은 얼굴이 희고 조그맣다. 그들은 절대 남매처럼 보이지 않는다. 태의 동생은 태와 세 살 차이인데 태보다 말을 정확하게 한다, 매일 꼼꼼하게 땋은 검은 머리를 바구니에 담긴 나무에서 갓 딴 신선한 과일처럼 어깨에 얹고 태와 함께 기의 집으로 온다. 나는 가끔 태의 동생이 너무 예뻐 눈길을 빼앗긴다. 그 살결과 눈과 눈 사이 단정한 미간과 콧날에 주목한다. 무엇이 저렇게 예쁜 것을 만들 수 있을까 감탄한다. 하지만 가끔은 태와 함께인 그 소녀가 몹시 밉다. 태가 매일 소녀가 얻어야 할 상처까지 모조리 자신의 것으로 가져오는 것이 분명하단 생각을 하기 시작했기 때문이다. 태가 딱지를 뜯느라 여념이 없을 때 나는 태가 글자를 읽지 못하는 것은, 태가 침을 닦지 못하는 것은, 내일 태가 더 많은 상처를 얻으리란 확신이 그대로 들어맞게 되는 것은 모두 그 여동생 때문이란 생각을 하게 된다. 자신이 가진 많은 시간과 힘과 노력을 딱지를 뜯는 데 쓰고 나면 태는 한동안 멍한 표정이 되어 아무것도 원하지 않는 사람처럼 앉아 있곤 했다.

　나는 태에게 우리가 가지고 있는 피막에 대해 이야기하고 싶었다. 있잖아, 집에 들어갈 때 그것을 벗어두고 가. 너에게 가장 중요한 그것을 벗어두고 들어가 봐. 너를 두들기고 할퀴는 손길을 피막이 고스란히 받게 하지 말라고 나는 말하고 싶었다. 그러나 태는 나보다 행복할지 모른다는 생각이 덜컥 든 나는 그런 생각에 빠진 것을 후회했다. 태는 사실 아무것도 필요로 하지 않는 것이다. 어쩌면 태는 나와 다른 방식으로 피막을 벗어두었을지도 모른다. 태는 어떤 깊고 깊은 어둠의 동굴에 오래전 그것을 벗어두고 왔는지 모른다. 이런 생각을 하다보면 나는 어쩐지 태가 예수님과 같은 사람이 아닌가 싶었다. 예수님은 사흘 만에 부활했다는데 오래전엔 자동차와 텔레비전과 라디오와 전화기가 없었으니 지금보다 무엇에 도달하는 시간이 훨씬 느리게 흘렀을 것이다. 태는 아직 무덤에 벗어둔 자신의 옷을 입지 않았다. 그는 지금 자신의 피막을 안전한 곳에 두고, 진짜 자신을 안전한 곳에 거하도록 만들고, 자유롭고 안전하고 여유로울 수 있고, 미움을 만들지 않고 오로지 그가 원하는 것에만 몰두할 수 있다. 그가 원하는 것, 완전하고 안전한 그것은 그의 상처가 굳어서 생긴 딱지이다. 그의 상처들이 말라붙어 생긴 딱지. 그것이 비단 딱지이기만 한 것인가. 그는 다른 어둠을 만들고 있다. 눈을 뜨지 않고 있다. 그는 아프기 직전이다. 기가 오늘 벌써 다섯 번째로 내 등 뒤에 서서 내 눈을 가리려고 할 때 나는 고개를 세차게 흔들었다. 딱지에 대해 더 깊게 생각할 수 있는 순간이 왔다.

내 한쪽 눈의 시력이 속수무책으로 나빠지고 있다는 소식에 엄마는 의사 앞에서 고개를 숙이고 울었다. 나는 엄마가 내 눈을 사랑한다는 것을, 내 눈을 그토록 염려한다는 것을 처음 알게 되었다. 그녀가 내 살에 관여하는 방식을 보자면, 그녀는 내 살을 쓰다듬거나 입을 맞추는 것이 아니라 세차게 후려치는 방식으로 관여했는데, 그렇다면 그녀가 내 눈을 위해 쏟은 눈물은 무엇인가. 그녀가 한 번도 후려치지 않은 내 눈. 그녀의 말대로 그녀가 나를 아프도록 때리는 것이 나를 걱정하고 사랑하기 때문이라면 그녀는 내 눈알을 한 번도 사랑하지 않았는데 왜 저토록 슬프게 눈물을 쏟는가. 나는 알 수 없는 섬에 다다른 주인 잃은 배처럼 잠잠하게 그 순간을 지속했다.

무너지는 한쪽 눈의 시력 때문에 그 눈으로 바라보는 태는 흐릿해지는 중이다. 뭉툭하고 둥근 형태가 되는 중이다. 그 속에서 태는 더 집중한 사람처럼 보인다. 그는 무엇에 집중하고 있는가. 그가 돌볼 수 없던 그 자신이다. 나는 그렇다고 고집스럽게 주장하고 싶다.

　태가 만지작거리는 딱지마다 태의 피가 스며 있다. 태의 피를 생각하면 나는 발을 동동 구르며 울고 싶다. 그것은 나의 피처럼 느껴진다. 겨드랑이와 가슴 사이에 아릿하게 가느다란 구멍이 생기는 것 같다. 피 한 방울 한 방울은 태의 눈물, 눈물의 시초, 눈물을 부르기 전의 외침, 외침 속에 든 고통, 고통을 불러 일으킨 태의 하루, 더 자세히 보면 태의 웃음, 태가 두려워하는 것들, 태가 놓치고 지나간 것들, 태가 다정하게 대하는 동생의 영민함까지 모두 연결된다. 그 딱지는 그저 굳어진 혈액에 불과한 것이 아니다. 태의 손놀림은 조심스럽다. 딱지가 뜯기면서 피가 흘러나올까봐, 스스로 자신을 아프게 할까봐 태는 조심스럽다. 태의 세심함, 태의 인내, 태가 스스로 구할 수 있는 모든 훌륭한 자질들이 그곳에 집중되고 있다.

　네 손이 내 눈을 덮는다, 내 눈을 향해 다가오는 반듯한 형겊은 네 손의 연장처럼 느껴진다. 팽팽하고 차갑지 않고 단호하고 믿음직스러우며 부드럽게 감싼다. 이윽고 내가 시야와 작별할 때 마지막으로 태의 몸이 흔들리는 것 같다. 이내 그는 고개를 숙이고 있다.

  태는 놀이에서 종종 빠져나갈 수밖에 없었다. 태가 우연히 술래가 되면 아이들의 얼굴에 일순 실망감이 스쳤다. 태의 눈이 헝겊으로 가려지면 태는 움직임을 멈췄다. 술래가 된 태에게 소리가 들리는 곳을 향해 움직여야 한다는 걸 알려줘도 마찬가지였다. 태는 한 발짝도 움직이지 않거나 엉뚱한 곳을 향해 갔다. 태의 동작에서 느껴지는 것은 어떤 상실에 가까웠다. 상실에 가까운 움직임은 그가 어떤 방향도 가지지 않았다는 것에서 찾을 수 있었다. 나는 태가 어디에 있는지 알 것 같았다. 나도 내 눈이 가려져 있을 때 태가 간 길과 같은 곳을 갈 수 있었다. 기의 손이 내 눈을 덮었을 때 나는 검고 유연한 밀도로 흘러드는 내 육체의 사라짐을 경험했다. 육체가 없는데 어떻게 걸을 것인가. 생각하지 않아도 걸을 수 있는 다리가 있기에 나는 걷는 척을 해야 했다. 걷는 척하면 걸을 수 있었다. 생각하지 않아도 방향을 가늠할 수 있었기에 소리가 들리는 곳을 향해 몸을 틀 수 있었다. 그곳을 향하면 나는 숲에서 방향을 찾아 몸통을 돌리는 동물이 된 기분이 들었다. 내 몸은 밖을 향해 반응하고 있지만 나는 어둠 속에서 다른 구멍을 향해 끝없이 흘러들어가고 있었다.

거기서 만날 수 있는 사람들은 오래전에 죽거나 곁을 떠난 사람들, 주저앉는 나를 받아 안아줄 것 같은 사람들이었다. 나는 내가 흘러들어간 구멍에서 멈춰서 아무것도 하지 않을 수 있었지만 밖에서 들어오는 신호들에 반응했다. 내게도 태처럼 상처가 아물어 굳은 딱지가 있지만 그 딱지를 뜯을 흥미가 없었다. 그것을 실행하기에는 나는 너무 많은 외부의 부정확한 움직임과 신호들에 반응하고 있었다. 내가 가진 딱지는 밖으로 드러나지 않는 곳에 있었다. 깊은 곳에 자리한 딱지들을 나는 보존했다. 그것들이 스스로 사라질 때까지 나는 기다릴 수 있었다. 어쩐지 가련했다. 그 생김이나 강도를 들여다보면 어쩐지 가련하단 생각을 할 수밖에 없었다. 살의 여린 부분들에 딱지가 생기면 나는 그렇게 처음 내 신체를 알아가듯 상처를 통해 내 살을 들여다보았다. 내 몸의 구석구석에 자리 잡은 흔적들이 그곳에 흐르는 피와 살의 존재를 알리는 상징 같았기 때문이다. 태는 그러나 모든 것을 소중히 했다. 거기에 자기 자신이 들어 있다는 것을 알고 있었다. 태의 그러한 마음은 태를 이곳에서, 우리로부터 더 먼 사람이 되게 하고 있었다.

    누군가가 이 세계로부터 멀어지고 있다면 그는 오

히려 이곳을 너무 소중히 대하고 있는 것인지도 모른다. 적당히 하는 법을 몰라 자신을 온통 내준 사람들은 그렇게 하도록 고정되어버린 자신을 바꿀 재간이 없다. 외부에서 바라보는 사람들은 그를, 스스로 자기 자신이기를 유지하는 존재를 멀리하거나 그런 존재를 깨우고 바꿔야 한다고 생각한다. 그렇게 태가 스스로 정확한 자신이 되어 움직이는 동안 세상은 그를 가만두지 않았다. 특히 그를 낳은 부모들은 더욱 그랬다. 그를 흔들어 깨우려 했다. 그가 그 자신이 아닌 다른 것이 될 수 있는 시기를 놓칠까봐 염려했다.

나는 태의 딱지가 그 자신이란 걸 안다. 그것은 그가 세상과 접촉한 결과이자 실패의 결과이며 태가 미처 말로 표현할 수 없는 고통과 기쁨의 총체이다. 태가 뜯어낸 딱지를 동생에게 보여줄 때 동생이 보여주는 그 소름 돋은 표정은 우리가 어떤 총체를 예기치 않게 마주할 때 느끼는 당혹감에 속하는 것 같다.

나는 눈을 감는다. 어둠 속에서 한 번 더 눈을 감으면 나는 바다생물이 된 기분을 얻는다. 아무것도 미끄러져 들어오지 않는 나만의 바다를 얻는다.

2.

　범, 태, 기, 은, 범의 동생 미, 태의 동생 진, 혜. 우리의 이름은 모두 어디서 온 것인지, 그것들을 한 자씩 떼어 발음하면 나는 세상이 시작되기 전의 어둠으로 들어가 그림자를 만드는 고생대의 존재들을 떠올리게 된다. 고생대엔 무엇이 살고 있었나. 나는 어둠이 집 안으로 깊숙이 들어온 어느 저녁에 엄마의 손을 벗어나 이불을 뒤집어쓰고 입속에서 미처 소리가 되지 못한 발음을 흘려보낸다. 범은 언제부터, 어디서부터 범이었을까. 태, 은과 미, 진과 혜에 이르기까지 모두 발음하며 나는 검은 물결로 흐르는 시내와 희부연 달빛을 건너는 어떤 그림자를 생각한다. 무엇이 우리에게 이름을 주었나.

아이들과 방을 빠져나와 크고 둥글게 동네를 한 바퀴 돌던 그날, 나는 어쩐지 조금씩 뒤쳐져 달리기 시작했다. 엄마가 새로 사 준 운동화가 꼭 조여서인지 발뒤꿈치가 아프기도 했고, 절룩이며 뒤따라 걷다보니 아이들을 뒤에서 바라보는 것을 멈출 수 없었다. 그 애들이 달리는 저 먼 곳, 다다를 수 없는 곳에는 하늘이 펼쳐져 있고 지평선이 있었다. 아무리 달려도 끝이 나지 않을 것 같은 길을 무리 지어 우우 달려가는 아이들은 구르는 것처럼 보이기도 했고 의미 없는 반복을 멈추지 못하는 것처럼 보이기도 했다.

달리던 아이들 중 누군가가 앗, 외마디 비명을 지르더니 멈춰 섰다. 그리고 그 아이를 중심으로 원을 이루며 아이들이 삼삼오오 모여들어 땅바닥을 향해 시선을 고정시켰다. 나는 빨리 가서 그것의 정체를 확인해 보고 싶었지만 달릴 수 없었다. 누군가가 내 발을 잡아끄는 것처럼 걸음이 되레 느려지는 것 같아 마음이 바빴다. 그리고 드디어 아이들이 겹으로 에워싼 원의 중심을 향해 시선을 주었을 때 거기서 진행 중인 미미하고 작은 움직임들을 보았다.

배가 열린 채 죽어 있는 참새였다. 참새의 입안에 이빨 사이에 끼었다 뱉어진 닳은 밥 찌꺼기 같은 벌레들이 온통 우글거리고 있었다. 아이들의 얼굴은 공포로 희게 질려버렸다. 보통 땅바닥에서 무엇을 발견하면 그것이 아주 작은 사금파리라도 우리는 바닥에 바짝 몸을 가져다 댔다. 심지어 태는 늘 말려 올라간 웃옷 아래 드러난 배가 바닥에 닿을 만큼 가까이 다가가서 노획물의 정체를 파악하고 그것을 어떻게 손에 쥐어야 할지 고심하곤 했다. 욕심 많은 아이가 없었고 누구든 작은 물건이라도 쉽게 얻을 수 없는 것이라면 보물처럼 진귀하게 대했기에 서로 가지려고 손을 덥석 들이밀지도 않았다. 그것이 조용하게 쌓아온 우리 사이의 규칙이었다. 저마다 알 수 없는 무언가가 고팠고 말할 수 없는 비밀이 있었다. 자신의 결핍을 모르거나 숨긴 채 즐겁고 싶었다.

우리의 시선을 사로잡은 참새의 눈은 아직 어떤 것에도 침입당하지 않은 상태였다. 짙은 회색과 갈아놓은 듯 얇고 윤이 나는 잿빛으로 이어지는 살결의 촉감을 만져보지 않아도 알 것 같았다. 나에게도 저런 얇은 살이 있다. 눈꺼풀이 저토록 내밀하다니. 침입하지 않아야 하는 살의 촉감을 나는 알고 있다. 연하고 무르다. 그러나 그 눈을, 하늘의 푸른빛을, 꽃과 돌을, 가지와 가지 사이를, 다른 새들을 보았을 그 믿을 수 없는 가느다란 선을 아직 구더기들이 침입하지 않다니 그 일이 어떻게 가능했을까. 우리에게 보여주기 위해서였을까. 누군가가 태에게 말했다. 너 만질 수 있어? 태는 가만히 고개를 저었다. 우리는 모두 그 새를 안전한 곳으로 옮겨 묻어주고 싶었다. 새의 가슴을 파먹고 있는 벌레들을 멈추게 하고 싶었다. 벌레와 새를 보며 이상해지는 마음을 후에 나는 이렇게 요약했다. 벌레도 새도 나쁘지 않다. 벌레를 새와 떼어놓고 보면 벌레 또한 한없이 약하고 무르고 불쌍해 보인다. 어쩌다 벌레는 벌레로 태어난 걸까. 벌레는 가장 빛이 없는 것 같다. 조금의 기쁨이나 슬픔도 없는 것 같다. 표정이 없는 벌레의 얼굴을 현미경으로 확대하면 표정의 기미라도 찾을 수 있을까?

누가 왜 저 벌레들을 새의 파인 가슴으로 옮겨놓았을까. 그것은 벌레의 잘못이나 의도가 아니다. 벌레가 저곳으로 가도록 벌레와 새의 세상에 정해진 길과 규칙이 있는 것이다. 나는 가능하다면 새의 가슴을 파먹는 벌레들의 움직임을 멈추게 하고 싶지만 미지의 규칙을, 그 무엇을 파괴하지 않고서는 저곳의 경로와 시간으로 들어갈 수 없다. 뭔가를 더 강하게 원하면 파괴에 이르게 된다. 멈춰야 했다. 벌레를 더 자세히 알기 위해서는 죽음을 알아야만 할 것 같았다. 새는 이미 죽어 있었다. 그러나 새의 눈자위는 왜 저토록 온도를 가진 것처럼 연하고 부드러운지, 나는 만지고 싶은 욕구를 참을 수 없었다. 나는 아무리 부드럽게 만져도 흐려져버릴 것 같은 얇고 유려한 잿빛에 나도 모르게 손을 올렸다. 따스했다.

따뜻해, 아직. 어쩌면 살아 있는지도 몰라. 구더기가 이렇게 많은데? 나의 갑작스러운 행동은 우리 사이의 긴장을 조금 풀어버렸고 마침내 아이들은 한마디씩 말하기 시작했다. 지렁이처럼 한쪽을 잘라내도 잠시 살아 있는 건 아닌지, 지네도 제대로 죽이지 않으면 다시 살아난다고. 그중 한 아이가 말했다. 그런데 이 새는 다시 움직일 것 같지 않아. 저렇게 속이 다 썩어가고 있잖아. 썩어? 우리는 그 말에 심히 상심했다. 썩는 것은 더러운 것에 속하는데 저렇게 생생한 얼굴을 가진 새가 썩는다는 것은 받아들이기 힘든 사실이었다. 그러나 이내 입을 다물고 생각에 잠겼다. 우리에게 순간적으로 빛처럼 도달한 어떤 인식이 있었지만 그걸 소리 내어 말하진 않았다. 사람도 죽으면 썩는다.

우리는 썩는 것에 공포를 가지고 있다. 제대로 치료하지 못한 상처의 한 곳이 썩을까봐 잠들지 못한 날의 기억을 가지고 있다. 성이 나서 고름이 흐르는 자국을 소독하고 닦아내도 혹시 썩을지 모른다는 공포를 경험한 적이 있다. 그러니까 우리 몸의 일부가 썩을 위기에 놓인 적이 있는 것처럼, 이 작은 새의 가슴이 이렇게 속수무책 우글거리는 구더기로 인해 썩어가고 있다면 이 새는 회생이 불가능할 것이다. 우리에게 이 새를 정성껏 돌보고 간호하여 살려낼 기회는 없는 것이다. 그런데 이 새의 눈자위에 어린 따스함은 무엇일까. 나는 그것이 새의 마음이라곤 결코 생각하지 않는다. 그러나 나는 새의 마음에 가까운 것을 만져버린 것 같다. 그 온도의 정체는 무엇일까. 무엇이 따스함을 유지하게 할까. 심장과 숨결은 어떤 관계일까? 숨결이라 말할 때 느껴지는 마음은 심장과 아무 상관이 없는 걸까. 새에게 마음이 있을까. 심장이 멈춰도 느껴지는 따스함은 어쩌면 새의 마음일까. 눈물이 났다. 새의 마음이 버려지는 순간을 보는 것만 같아서. 무언가의 목숨이 다하는 것은 그 목숨 안에 깃든 마음까지 기한이 다 되어버리는 것인가.

  마음은 어디서 시작되어 사라질까. 사라지지 못한 마음도 있을까. 몸에서 완전히 사라지기엔 마음은 너무 크고 붙잡을 수 없는 것인데 마음은 몸에 더 있고 실지 않을까.

우리는 새의 곁에서, 그곳에서 벗어날 방법을 찾지 못했다. 우리는 거기 기가 함께 있다는 사실조차 잊고 있었다. 기가 이제 돌아갈 시간이라고 말했다. 기가 갑자기 탱자나무 가까이에 있는 싸리나무 가지를 꺾기 시작했다. 그리고 그것을 젓가락처럼 만들더니 새를 들어 올렸다. 기의 행동을 우리는 바라보기만 했다. 새를 들어 올린 기의 눈이 반짝이는 것을, 촉촉하게 빛나는 눈과 그의 꽉 다문 입술의 긴장을 바라보았다. 숙연해지는 순간이었다. 싸리나무 가지로 새를 들어 올려 옮기는 걸음은 느리고 신중했고, 새를 떨어뜨리지 않으려는 기의 양손엔 최대한 세심하게 힘이 들어가 있었다. 그것은 우리가 새에게 할 수 있는 유일한 행동이었다. 누군가가 보지 못한 채 새를 밟거나 손수레가 지나가다 새를 짓이기는 일이 일어나지 않으려면 새를 안전한 곳으로 옮겨야 했다. 기는 새를 들어 올려 한 발 한 발 움직이고 아이들은 그의 걸음에 맞춰 느리게 이동했다. 기가 길가의 개울 가까이로 다가가더니 버드나무 가지 끝이 물을 스치는 자리에서 멈췄다. 그가 물 위로 새를 던질까봐 조마조마했다. 아무도 기에게 어떻게 해야 한다고 지시할 수 없었다. 새와 우리의 운명은 모두 기의 손에 달려 있었다. 기는 풀숲 사이에 새를 넣었다. 수양버들 아래 우리가 자주 놀던 곳. 우리는 마침내 모두 기뻤다. 범이 뛰어가서 돌을 줍기 시작했다. 은은 새가 놓인 곳을 확인하고 활기찬 손놀림으로 새를 둘러싼 풀을 뜯기 시작했다. 돌을 주변에 놓고 풀을 없애고 흙을 덮고 다시 풀을 놓고 들짐승이 함부로 그것을 파헤치지 못하리란 안심이 들 때까지 덮어주길 반복했다. 완벽한 위장을 가장할 수 있을 때 우리는 쉽게 흥거워지곤 했다. 누군가는 새의 깃털 혹은 부서진 바구니 조각을 가져오기도 했다. 그 조각들은 기가 먼저 검사한 후 놓을 수 있는지 판단했지만 사실 기는 아이들이 가져온 것들 중 단 하나도 새의 무덤에 놓기를 거부하지 않았다. 기가 그것들을 새의 무덤에 놓을 때, 꼼꼼하게 들여다보는 동안의 긴장감이 안도의 기쁨으로 변했다. 그렇게 땅에 묻힌 새를, 우리가 함께 묻은 새를, 그것도 즐겨 모여 노는 버드나무 아래 묻힌 새를 보자 마치 새를 다시 살린 것만큼이나 안심이 됐다. 기쁜 일이었다. 새의 죽음이 우리에게 가져다준 절망은 이제 언제든 함께일 수 있다는 내밀한 결속을 만들었다. 우리는 버드나무에 밧줄을 묶어 그네를 타기도 했고, 하나뿐인 그네를 누군가가 타고 있을 땐 버드나무 줄기를 모아 쥐고 대롱대롱 매달려 아아 소리 지르며 다리를 힘껏 젓곤 했다. 그 모든 우리의 놀이 사이에, 우리의 곁에 새가 있었다.

이후로도 우리는, 아니 적어도 나는, 햇볕이 내리쬐던 오후의 도로에 둥글게 서서 망연자실 새를 내려다보던 무력한 흐름을, 그리고 기가 싸리나무를 꺾던 순간에 절망을 뚫고 들어오던 활기를, 기가 새를 들어 올릴 때 우주의 먼 곳을 지나온 어떤 생명체의 필연의 귀환을 떠올렸던 것을 생각하면 조용히 흥분됐다. 꺾인 싸리나무 가지와 가슴을 파먹힌 새의 형태는 절망적인 외형에도 불구하고 땅 위에서 떠올라 서서히 비행하듯 이동할 때 고고하고 운명적인 움직임을 갖게 되었다. 한번도 경험하지 못한 자연 현상처럼 보였다. 그것이 우리의 승리 같았다. 새를 버리지 않았다는 사실, 우리 곁에 있다는 사실, 썩어가는 죽음을 반길 수 있는 존재로 곁에 둘 수 있다는 사실.

나는 이 모든 것을 말할 수 있다. 이제 와서 내가 너에게 할 수 있는 이야기들이 바로 이것이다. 생명과 죽음의 경계는 투명하고 맑아서 함부로 하지만 않는다면 그 사이엔 샘물처럼 많은 여지와 가능성이 넘치게 된다고. 쉬이 포기하지 않는 것은 무엇을 이기기 위해

서가 아니고, 사랑을 포기하지 않는 것, 생명을 포기하지 않는 것은 가둬지지 않는 기쁨이 되었다고. 죽음과 삶의 투명한 경계를 이어가며 흐를 것이라고.

    그런 날들이었다. 기쁨을 일구었을 때 떠오르는 흥분이 가라앉지 않는 날들. 어떤 날은 기쁨에 사로잡힌 아이가 되곤 했다. 어둠 속에 한 점처럼 떠도는 아이들의 이름들을 불러야만 했던 것은 내가 느끼는 기쁨과 슬픔이 그 애들의 이마와 눈에도 있는 것만 같고, 우리가 삼키고 있는 비밀이 실은 언젠가 말해져야 하리란 걸 알고 있었기 때문이다. 그러나 그 비밀을 말하기엔 나는 어렸고 말하고 싶은 것을 말하는 것은 쉽게 이뤄지지 않았다. 말할 수 있는 상황들을 스스로 만들 수도 없었다. 부모님은 무엇이든 지시하고 말하며 매를 들지만 나는 그들에게 되도록 말하지 않고 그들이 시킨 것을 수행하고 그들의 의견을 따르고 그들과 눈을 자주 마주치지 않아야 한다는 것을 알고 있었다. 이것들은 누가 내게 알려준 것이 아니라 그들과 함께 살며 얻은 습관 같은 것이었다. 그리고 그것들이 내가 어린 존재라는 것을 말해줬다. 어리다는 것은 약한 것과 다를 텐데 나는 왜 약한 사람처럼 취급받나. 나는 약한 아이처럼 취급당하면서 왜 그렇게 많은 약속들을 잊지 말아야 하고 책임져야 하는지 알 수 없었다. 대체 어디서 규칙들이 어긋나는지 모를 만큼 나는 작은 약속들을 지키지 않는 아이가 되어 있었다.

입안에 음식물이 들었을 때는 말을 하지 말아야 하지만 입안에 음식물이 있어도 아빠가 묻는 말엔 대답을 해야 했다. 그럴 땐 어떻게 대답해야 하는지 분명 배웠지만 나는 그것을 빠르게 떠올리지 못하고 그만 우물쭈물 대답할 시간을 놓치거나 존댓말이 아닌 '응'으로 들릴 법한 소리를 내고 말았다. 그럴 때 아빠는 나를 혼낼 수 있었다. 그것을 할 수 있는 이들이, 누군가를 크게 혼낼 수 있는 존재가 어른이었다. 그것은 학교에서도 마찬가지였다. 나는 학교에서 비밀을 쌓아가고 있었다. 학교엔 과학실이 있고 담임 선생님은 종종 나를 과학실로 보냈다. 나는 그곳 유리관에 들어 있는 뱀이나 쥐, 새와 같은 짐승들을 보는 것이 싫었다. 그것을 보기 싫다고 말하기도 싫었다. 뱀과 쥐가 무슨 잘못이 있단 말인가. 나는 죽은 동물을 약물에 담그고 유리관에 넣어 진열할 수 있는 세상이 되도록 오래 나와 상관없는 세상이길 바랐다. 그럼에도 선생님이 내게 과학실에 가라고 하면 나는 가야만 했다. 그것이 얼마나 싫은 일이었는지, 내가 그것을 원하는지 원하지 않는지 선생님은 묻지 않았다. 하지만 대부분의 아이들은 우리가 원하건 원하지 않건 그것을 해내야 한다는 걸 알고 있었다.

   그 과학실에서의 일은 더 말하고 싶지 않다. 초록색 칠판을 가리는 천이 있었고 나는 가끔 그 천 안으로 들어가 사라지는 법을 고안하고 싶었다. 일단 과학실로 가자. 하지만 포기하지 마. 너는 거기서 사라질 수 있어. 저벅저벅 복도를 걸어오는 발자국 소리를 들을 때 나는 나를 포기하지 않았지만 칠판을 가린 천 뒤에 숨어도 완벽하게 숨겨지지 않으리란 걸 알고 있었다. 대신 나는 나를 급히 한 겹 벗겨낼 방법을 찾았다. 나를 감싸고 있던 진짜 나를 한 겹 내리면 나는 덜 '내'가 된다. 나는 안전한 곳을 찾는다. 안전한 곳은 사실 눈에 보이지 않는 곳에 있다. 새의 마음이 새가 죽어도 온도가 되어 잠시 새를 떠나지 않는 것처럼, 내가 나를 떠나도 마음은 가까운 어딘가에서 안전하게 나를 기다릴 수 있다. 그렇게 나는 내 머릿속 혹은 내 마음, 아니 마음보다 머릿속이 안전할 것 같았으므로 머릿속 서랍장을 열고 그 안에 진짜 나에 가까운 얇은 막을 고이 넣었다. 그 서랍 안에서 펼쳐지는 어둠은 다시 드넓은 곳을 향한다. 시원하고 아름다운 어둠이라고 나는 생각한다. 서랍 밖에서의 시간은 사실 내가 아닌 나와 비슷한 다른 존재가 겪는 것이다. 나는 그렇게 나를 더 멀고 안전한 곳으로 수시로 보냈다.

그리고 범과 은과 태와 혜가 거기에 있을지 모른다는 생각을 했다. 그 애들도 어쩌면 자신을 두고 날아오는 방법을 알지 모른다. 그리고 우리는 어디서든 만나면 기뻐지는 방법을 찾을 수 있다. 이름들의 끝은 저마다 다른 빛을 내는 별처럼 아득하다. 나는 이름과 얼마나 가까운가. 나는 내 이름을 내 것으로 여긴 적이 없으며 내 이름을 부르는 이들이 다만 나를 그렇게 부르기로 약속한 것이라고 생각했다. 나는 내 이름을 바꿔 부른다. 내 이름은 충분히 더 단단하고 빛나는 별이 될 수 있다. 아득한 곳에 빛을 두었다가 그것을 따 오는 손을 멀리 뻗는다. 나는 무어라 불러도 아무래도 상관없을 단단한 빛을 얻는다.

기를 딱 한 번 질투한 적이 있다. 어쩌면 더 있을지 모른다. 그는 우리 중 유일하게 상처가 보이지 않는 아이였다. 그 애는 왜 모든 걸 다 가지고 있는지 알 수 없었다. 그 애의 얼굴에 있는 연한 주근깨조차 그 애만이 가질 수 있는 유일한 것처럼 보였다. 나는 기를 혼자 질투하고 혼자 용서했다. 누군가를 질투하는 마음이 생기자 내가 자꾸 넘어질 것 같은 기분이 된다는 걸, 내가 나 아닌 무언가로 가득 차서 답답해지는 기분이 된다는 걸 느꼈다. 그리고 무엇보다 기를 바로 보기가 어려웠다. 기를 응시하기 어려운 것은 곤란한 일이었다. 기를 마주할 때뿐 아니라 기가 내 뒤에 서 있는 것도 견디기 어려웠기 때문이다. 기는 큰형에게 맞고 상처를 입어도 변하지 않는 단단한 빛을 가지고 있었다. 기의 그런 확실하고 뚜렷한 빛깔이 나는 부러웠던 것일까. 왜 나는 기처럼 그렇게 확고한 사람이 아닐까.

큰형은 나에게 친절했다. 큰형이 친절한 것을 전부 잘못으로 치부할 순 없을 것이다. 그러나 그 친절은 대부분 내가 원하지 않는 친절이었다. 그는 자주 나를 자전거 뒤에 태우고 강둑을 달렸다. 그가 강둑을 달릴 때면 나는 너무 무서웠는데, 내가 무섭다고 하면 그는 더 위험한 곡예를 하며 자전거로 비탈을 향하려는 듯 강둑의 가장자리로 가곤 했다. 나는 무서워서 소리를 질렀지만 그는 내게 걱정하지 말라고 했다. 그것은 영원히 풀리지 않고 가능하지 않은 대화였다. 그는 대화가 되지 않는 사람이었다. 나는 그가 나를 죽음과 가까운 위험에 빠트릴 것이란 생각은 하지 않았다. 그는 자전거로 묘기를 부리는 사람이고, 나 같은 어린애를 뒤에 태우고 더 위험한 묘기를 부려도 나를 떨어트리거나 다치게 하지 않을 수 있었다. 그러나 나는 그것이 싫었다. 그는 내게 자기를 꼭 붙잡으라고 했지만 나는 그를 붙잡기 싫었다. 그의 옷자락만 슬쩍 잡으면 그는 더 구부러진 곡선을 그리며 내 몸 전체가 흔들리게 했다. 나는 그러면 소리를 질렀고 그는 그럴 때마다 그러니까 자기를 꼭 붙들라고 했다. 자기를 꼭 껴안으라고 말했지만 나는 그게 정말 싫었다. 지금 이렇게 말로 내뱉는 것조차 싫다. 그가 번번이 나를 자신의 자전거에 태울 수 있었던 건 그가 나보다 나이가 많은, 어른이 되기 직전인 사람이었기 때문이다. 그는 우리 집에 와서 내 부모님에게 나를 자기 집에 데리고 가서 놀다가 다시 데려다주겠다고 했다, 나는 그것을 원하지 않았지만, 정확히는 그의 자전거 뒤에 올라타고 그의 집에 가는 것을 원하지 않았지만, 기를 보기 위해서 어쩔 수 없이 그와 함께 가야 했다. 충분히 걸을 수 있는 거리였음에도 부모님은 그의 호의를 거절하지 않고 나를 태우도록 했다. 나는 사실 자전거를 타는 것보다 강둑을 내 발로 달리는 것이 좋았다.

강둑은 어린 나에겐 충분히 위험한 고도를 가진 언덕의 막바지, 산꼭대기 비슷한 곳이었다. 마을길에서 한참을 걸어가다 오르막을 달려 언덕 꼭대기에 이르고 강둑 길을 달릴 때 나는 모험을 하듯 내 두 다리의 튼튼함을 느끼곤 했다. 언젠가 할머니와 바지를 허벅지까지 걷어 올리고 건넜던 강 너머의 복숭아 과수원을 마치 아는 얼굴 보듯 바라보면 마음에 잔잔한 평화가 들곤 했다. 강 건너를 모두 눈에 담으며 걷는 그런 시간이 중요했다. 그의 등 뒤에서 그 모든 것이 흔들리고 무너져 내렸다. 오로지 공포만이 밀려왔다. 열여덟 살이라는 그의 나이가 내겐 아득하게 멀고 먼 차이로 느껴졌다. 내가 아무리 시간을 살아내도 그처럼 강하게 누군가를 마음대로 할 수 있는 사람은 될 수 없을 것이다.

달맞이꽃이 피던 날들은 더욱 그랬다. 나는 달맞이꽃을 보는 것이 좋았다. 꽃대는 노란빛을 피워 올리게 생기지 않았고, 아주 희미한 솜털이 덮여 있는 것 같았다. 어쩐지 그 줄기는 더 진한 빛깔의 꽃을 내보여야 할 것 같은데 예상과 다르게 꽃대 위에는 본 적 없는 투명하고 고운 빛이 둥글게 꽃잎을 머금고 있었다.

부드러우며 따뜻한 온도를 품고 있었다. 입에 머금어서 확인해보고 싶은 부드러움, 손으로 꼭 쥐고 느끼고 싶은 온도. 그러나 나는 알고 있었다. 내가 저 꽃을 쥐면 내가 바라보는 이 기적처럼 아름다운 순간은 망가지고 만다. 그래서 나는 강둑을 걷다가 달맞이꽃을 보면 눈으로 만지듯 가능한 한 긴 시간을 들여 자세히, 더 깊게, 더 많이 그것을 알아보기 위해 노력했다. 내게 그 빛깔이 새겨지기라도 하듯 가능한 한 길게 바라보면 어느 사이엔가 조금의 아쉬움도 없이 내가 채워졌다는 느낌이 들고 그제야 나는 걸음을 옮길 수 있었다. 그리고 그런 꽃이 한 송이가 아니라 강둑에 지천으로 피어나고 있는 것을 보면, 오로지 한 송이에 집중하던 눈을 들어 올려 그 모습을 확인하면 나는 몹시 어지러워져 멀미가 나곤 했다. 멀미를 참으며 시선을 더 먼 곳까지 이르게 하면 곧이어 내가 마주한 것이 기적에 가까운 풍경이란 것을 확인할 수 있었다. 이 아름다운 것들은 비밀스럽고 고요한 분위기를 가득 품고서 세상에 자신을 모두 드러낸다. 그것들은 우리를 피하거나 자신을 감추는 법을 모른다.

물과 태양과 바람과 초목에 서린 비밀스러운 흔적들이 일어나 몸을 흔들고 있는 강둑을 나는 너에게 오래 보여주고 싶었다. 내가 소중한 것을 볼 때 조용히 불러들이는 너. 그곳에 서린 내 공포와 어린 나의 감탄을 모조리 알려주고 싶었다. 내가 아직 강둑을 달리고 있을 때, 내가 먼 곳을 떠올리며 길과 하늘이 만나는 곳을 향해 시선을 들어 올릴 때, 너는, 너의 감탄은 어디에 있었나. 참아온 물음은 이런 것이다. 긴 시간 모르고 지내온 너는, 그러나 내가 너에게 보인 오래된 공포를 기억하고 있을 너는, 어디서 어떤 기적을 만났고 어떻게 그 기적이 가져다준 믿음을 버리지 않고서 내 앞에 설 수 있었나. 대체 어떻게 우리가 쉬이 죽지 않으리란 확신을 가지고 있었나. 내가 친구들 사이에서 자라나고 있을 때, 그리고 어떤 공포 사이에서 피어오르는 어둠을 만지고 있을 때, 내가 아직 만나지 않았을 때의 너는 세상의 어떤 곳에서 내가 배우고 있는 어둠을 배우고 있었나. 우리는 어째서 그토록 흐릿한 흐름을 통해 평생 간직해야 하는 것들을 배워야 했을까.

큰형의 자전거는 내가 아끼는 시간을 뺏어 가는 것이었기에 나는 한 번도 동의하지 않은 승차를 하며 절망을 느껴야 했다. 받아들여지지 않는 결투를 신청하는 사람이 되고 있었다. 기의 큰형이 오래전 화재로 죽

없다는 소식을 들었을 때 나는 전화기를 들고 우뚝 멈춰 섰다. 그때의 내 마음이 결국 이렇게 긴 시간이 지나서 드러난 것이 아닌가. 두려웠다. 크게 울음을 터트렸다.

헛간을 개조한 그의 방에는 스프링이 고장 난 침대가 있었다. 그 마을에서 침대는 잘 볼 수 없는 물건인데, 그의 침대라고 불리는 물건도 실상은 대나무 평상 위에 올려놓은 매트리스에 불과했으며 그 매트리스는 군인들이 사용하던 것이라고 했다. 거기에 올라갈 수 있는 사람은 오로지 큰형뿐이었다. 그의 여동생은 그 매트리스를 싫어했다. 그것은 외국영화에 나오는 것과는 사뭇 다른 침대였고 우리 중 아무도 그것을 부러워하지 않았지만, 그는 집에 돌아오면 비어 있는 침대를 슥 보고서는 누가 방에 들어와 침대에 올라갔는지 묻곤 했다. 우리 중 어느 누구도 그 침대에 관심이 없었으므로 대답하지 않았지만, 그는 우리가 정확하게 반응하지 않으면 무섭게 화를 내며 대체 누가 침대에 자꾸 올라가는 것이냐고 물었다. 그가 그렇게 화를 낼 때면 기는 최대한 냉담한 표정으로 그의 분노를 모르는 척했다. 그리고 그의 분노가 가라앉지 않아도 우리는 잠시 침묵을 지키다가 놀이에 열중했다.

아이들의 몸은 대체로 말랐고 비슷한 옷을 입고 있었다. 갈색이나 군청색, 빨간색이라도 모두 조금씩 어두워서 멀리서 보면 누가 누군지 알아보기 힘들 정도로 분간이 어려웠다. 그러다 어느 날 한 아이가 새 옷을 입고 오면 그 아이의 상기된 표정, 발그레한 볼의 부드러움은 유독 눈에 띄었다. 우리가 새 옷을 입은 아이의 둘레를 뱅뱅 돌았던 건 그 애를 놀리기 위해서가 아니었다. 우리는 사실 새 옷에 깃들어 있는 화사한 느낌, 유독 새것만이 보이는 그 신선하고 반짝이는 분위기에 이끌려 무엇을 시작하지 못하고 그 애의 주변을 뱅뱅 돌 수밖에 없었다. 그리고 주변을 도는 아이들의 얼굴에도 마치 새 옷의 주인공인 듯 쑥스러운 미소가 번졌다. 그것은 우리가 기쁨을 나누는 방식이었다. 맛있는 음식을, 처음 먹어본 진기한 것을 어서 맛보여주고 싶다는 마음으로 종이에 싼 케이크나 아몬드가 든 초콜릿을 가지고 올 때의 마음과 같았다. 그 애의 몸에 입혀진 남다르게 아름다운 색깔을 서로의 눈으로 맡고 취하는 것이며 축하하는 것이었다. 둘레를 도는 동안 기쁨은 조금 어지러운 나선형의 즐거움이 되어 조용히 상승하고 있었다.

우리는 새로운 일이 좀처럼 일어나지 않는 곳에 살

고 있었고 누군가의 새 옷은 우리에게 큰일이 되어버리곤 했다. 문 앞에 어지럽게 벗어 놓은 신발들 중 유독 가지런히 놓여 있는 새 운동화는 혼자 즐거움에 취해 있는 듯 보이곤 했다. 지루하다는 생각이 들 새 없이 지루한 시간들이 흘러갔다.

강둑을 달리는 동안 큰형의 옷자락을 몸이 바닥으로 내동댕이쳐지지 않을 만큼만 붙들고 있을 때 나는 온통 위험에 사로잡힌 사람의 역할을 맡고 있는 것 같다. 하지만 하늘은 거대한 향유고래처럼 물속에 느리게 떠 있는 생물의 움직임으로 나를 둘러싸며 펼쳐졌고 나는 아스라하게 내가 나로부터 멀어지는 느낌에 둘러싸였다. 자전거 바퀴가 지나가는 흙길은 유난히 밝아 보였는데, 자전거의 속도 때문에 가느다란 빗금이 쉴 새 없이 바닥에 새겨지고 있었다. 바닥을 보면 빗금이 보이는데 왜 저 먼 풍경엔 빗금이 새겨지지 않는 걸까. 나는 쓰러지지 않기 위해 큰형의 옷을 붙든 채 그를 최대한 조금만 잡고도 넘어지지 않을 기술을 찾아내려 노력하며, 그에게 대적하는 마음을 품고서 하늘엔 대체 무엇이 숨어서 거대한 숨을 내쉬고 있는 것인지, 흙바닥엔 왜 그토록 분주하고 나란한 빗금이 생기는지, 풍경은 저 순한 얼굴을 왜 빨리 바꾸지 않는지 생각하고 있었다. 바닥에 연속되는 가느다란 선을 보다가 고개를 들면 문득 바뀌지 않는 풍경이 상대적으로 답답하게 느껴질 지경이었다.

그 답답함은 태를 바라볼 때 느끼는 답답함과 비슷했다. 답답함이라기보다는 안타까움에 가까웠다. 그리고 그런 안타까움과 답답함이 들 때 어김없이 죄책감이 뒤따르곤 했다. 내가 태에게 무엇을 잘못하거나, 들과 강둑과 강둑 아래 펼쳐진 강변의 수초들에게 잘못한 것이 없는데도 내가 그들을 함부로 생각했다는 것이 곧바로 죄책감이 되어 돌아왔다. 그러니까 태에겐 잘못이 없다. 강에겐 잘못이 없다. 태와 강은 아무 상관이 없다. 나는 아무 잘못이 없는, 서로 상관없는 것들에 왜 비슷한 답답함을 느끼는 것인지 알 수 없었다. 이윽고 조금은 내가 잘못된 게 아닌가 생각하곤 했다. 혹은 다른 아이들에게 물어보고 싶었다. 너에겐 어떤 죄책감이 있는지, 죄책감이 아니라도, 무언가 뚜렷한 잘못을 하지 않았는데도 잘못한 것 같은, 내가 누군가를 함부로 대한 것 같은 느낌을 받을 때는 언제인지 물어보고 싶었다. 그리고 큰형은 그러한 점에서 가장 모순에 찬 사람이었다.

그는 분명 나에게 친절하고 싶어했지만 결과적으

로 나를 괴롭히는 사람이었다. 대부분의 어른들은 그를 믿음직하고 성실한 학생으로 생각했지만 내가 볼 때 그는 폭력적이고 단순한 사람이었다. 그는 자신이 믿고 싶은 것만 믿고 남의 말을 잘 듣지 않으며 힘 있는 사람이 될 생각에만 골몰했다. 욕심으로 가득 차 있었다. 이런 큰형에 대한 생각에 몰두하는 것마저 시간이 아깝고 싫었지만 어쩐지 나는 '큰형'이라는 존재의 수수께끼를 풀어야만 자유로울 수 있을 것 같았다. 그와 관련된 많은 부분에 내가 갖는 궁금증이 사실 '모든 사람'에 대한 궁극적인 물음과 닿아 있었다. 인간은 정말 나쁠 수 있는가에 대한 물음을 끝없이 던져주는 그 존재가 나에겐 피할 수 없는 숙제 같았다. 그의 등장은, 매번 그가 내 일상에 끼어드는 것은 내가 풀기 어려운 숙제를 계속 해야만 하는 것과 같았고, 큰 인내를 요하는 일이었다.

큰형은 내게 아주 명확하게 나쁜 짓을 시도했다. 큰형은 군인들이 쓰던 매트리스에 나만은 올라가도 좋다고 말했다. 나는 그것을 원하지 않았고 설령 원한다 해도 그가 나에게만 몰래 말할 때의 그 분위기는 정말 피하고 싶은 것이었기에 전혀 기쁘지 않았다. 왜 그에게 그토록 잘못된 확신이 생겼는지 모르겠지만, 그는 정말 그 집에 오는 모든 아이들과 자기 형제들이 침대를 부러워하고 거기에 눕고 싶어한다고 믿는 것 같았다. 그가 만약 모든 아이들이 있는 자리에서 내 이름을 부르고 너는 내 침대에 앉거나 올라가도 된다고 말했다면 나는 그 말의 부담을 어느 정도 견딜 수 있었을 것이다. 그러나 그는 자전거에서 나를 내려주기 전 자전거를 그의 허리에 받치고 내 몸을 부축하듯 잡고서 "너는 내 침대에 올라가도 돼."라고 말했다. 나는 그 말이 너무 싫어서 울고 싶을 정도로 얼룩덜룩한 마음이 되었지만 아무런 대답도 하지 않았다. 그리고 이후 그는 그것으로 자신이 앞으로 벌일 모든 일에 대한 통보를 한 것처럼 행동했다. 그는 아이들이 있는 방으로 들어가려는 내 손을 잡아끌어 자기 방으로 데려가려 했다. 그때 내가 그 손을 뿌리치지 못한 것은 내 잘못이 아니다. 그렇게 내게 가해진 어떤 압력, 잡아당김은 예상치 못한 충격에 가까웠고 아이들이 나와 큰형 사이에서 벌어지고 있는 이 실랑이를 보지 않았으면 좋겠다는 마음이 순간적으로 들었다. 그가 잡아당기는 쪽으로 이동하는 것은 뭔가 절망적인 느낌을 주었다. 그때 내 심장이 얼마나 빠르게 뛰고 얼마나 거대한 공포에 휩싸였는지 내 얼굴, 아니 온몸이 얼얼할 정도였다.

그 공포는 개에 물릴 때 기절을 해버린 어떤 날의 공포와 같은 것이었다. 나는 그의 손을 표 나지 않게 꼬집었다. 그러니까 마치 꼬집으려는 의도는 없지만 실수로 꼬집은 것처럼 그의 손을 꼬집었다. 그는 그것을 느꼈을까? 내가 어떤 저항의 표시로 자신을 꼬집었다는 것을 그가 알아챘을지 지금도 여전히 궁금하다. 그때의 내 마음은 복잡 미묘한 것이었다. 나는 이후에도 내가 슬며시 그를 꼬집은 것을 그가 모르는 척했던 것이라고 여기며 그것 또한 우리가 주고받은 정확한 신호라고 믿게 되었다.

내가 꼬집는 것을 실수인 듯 가장한 것처럼 그는 그걸 모르는 척 가장했다. 내가 자신을 꼬집은 것을 알고 있었지만 그는 그것을 적극적인 거부로 승인하지 않았다. 내가 실수를 가장한 것처럼 그 또한 실수를 알아채지 못한 것처럼 가장한 것이다. 그러나 그것은 실수인 척이 아니어야 했고, 그는 내가 보내는 거부 의사를 먼저 눈치채야 했다. 설령 내가 실수를 가장했다 하더라도, 그가 마치 무엇에 눈이 가려진 듯 제대로 된 판단을 할 수 없는 사람이었다고 해도, 그의 마음에 들어오는 수많은 신호들 중 내가 보내는 거부 의사를 제대로 알아챘어야 했다. 그러나 그는 외면했다. 그는 알아챌 수 있을 만한 가능성을 무시하고 게으르게 판단했다. 그 게으름은 알아채고 싶지 않은 마음이었다. 어떤 게으름은 상대에게 둔중하고 어둡게 다가와 폭력이 될 수 있다.

그는 내 신호를 무시하고 내 손을 더 잡아끌었다. 그러면서 선량한 목소리로 "지금 가볼래?" 답을 원하지 않는 제안을 하며 나를 자신의 방으로 데리고 갔다.

그 방은 마치 고급 세단에 달린 임시 번호판처럼 허술하고 어색한 조합투성이였다. 그 방 어느 구석에도 나를 잠시라도 머물고 싶게 만드는 것은 없었다. 전투기 사진이 걸려 있는 벽은 큰형에 대한 나의 이상한 증오를 증폭시키기에 충분했다. 허세와 무능으로 가득했다. 그가 나에게 건네는 많은 말들은 모두 튕겨져 나가고 있었다. 내 귀는 공포에 가득 차서 듣지 못했고 몸은 공포에 먹혀 마비되고 나를 둘러싼 막은 오로지 나를 둥글게 담은 거대한 공포가 되어 있었다. 그의 말들이 온통 이상하게 엇나가고 들리지 않는 동안 그는 뭔가를 제안했고, 나는 누워야 했고, 그는 어느 순간 내가 입은 셔츠를 만지기 시작했다. 천장에는 사방연속 무늬의 노란 나비 형상 같은 것이 보였다. 고개를 흔들면서 나비의 분명한 모양을 눈으로 간추릴 때 번쩍 정신이 드는 순간이 있었다. 그의 손톱이 내 단추를 건드릴 때, 내 단추의 딱딱한 물성이 내게 전달될 때 나는 벌떡 일어나 이 놀이를 하지 않겠다고 했다. 큰형은 다른 놀이를 제안했고, 어딘지 단단하고 똑바른 음성을 찾은 나는 이제 억지로라도 엉엉 울어버리겠다는 다짐을 했다. 내가 막 울려는 찰나 그의 얼굴에 시종일관 흐르던 억지스러운 미소가 싹 가셨다. 그의 얼굴이 붉어지더니 당혹스러운 빛으로 가득 찼다. 그는 허둥지둥 내게 조용히 하라는 신호로 자신의 입에 검지를 가져대 댔다. 그의 얼굴의 변화가 내가 보인 태도에서 비롯된 것이라고 생각하자 이상한 승리감이 들었지만, 그의 그런 갑작스러운 포기와 변화는 창밖의 기척으로 인해 일어난 것이었다.

불투명한 유리창으로 조용한 움직임이 전해져 오고 있었다. 그의 부모님이 삽자루를 비료 포대 더미 위에 놓고 수건으로 옷을 털고 모자를 벗던 그때, 그는 순식간에 눈빛을 바꿔가며 생각에 잠기더니 내 손을 잡고 방문 앞에 섰다. 마치 처음부터 공모자였던 듯 그가 내 손을 잡고 내게 "너 이 방에서 나랑 조용히 있을 수 있어?" 하고 물었다. 나는 온 힘을 다해 고개를 저었다. 그는 포기했다는 듯 방문 손잡이를 조용히 돌려 문을 열었다. 그의 부모님이 그와 나를 바라보았다. 나는 맨몸으로 그들 앞에 선 듯, 원하지 않는 순간에 모든 것을 드러낸 사람이 된 것 같았다. 피가 차갑게 식어 온몸에서 빠져나가는 것처럼 느껴졌다. 그리고 울려는 찰나 나는 그 앞에서 쓰러졌다.

종종 내가 일부러 쓰러진 것일까 생각한다. 그러나 쓰러진 이후의 기억이 없다. 그것이 내가 일부러 쓰러진 것이 아니라는 증거가 될 수 있을까. 나는 되도록 치밀하게 모든 순간을 나에게 새기고 있었다. 마지막으로 몸에 힘이 풀리며 넘어지던 순간을 기억한다. 쓰러질 때, 내가 좀 더 안전한 곳에 도착했다는 안도감이 들었다.

부모 중 누군가가 내 얼굴을 찬물로 두드리고 깨우려 했다고 한다. 나는 일어나지 않았다. 나는 그때 일어날 수 있었을지 모른다. 나는 무의식 중에도 안전한 선택을 하고 있었다. 나는 일어나지 않아야 했다. 이번 기회로 내가 한동안은 매를 맞지 않게 될 수 있다는 것을 직감했다. 나를 통과한 모든 일들이 큰일이 되어가고 있다는 것 또한 알고 있었다. 그럼에도 눈을 뜨지 않았던 것은 정말 뜰 수 없었기 때문이다. 설령 내가 내 몸에 명령해서 눈을 떴다 하더라도 내가 정말 눈을 뜬 것은 아니었을 것이다. 그건 내가 저절로 떠지는 눈을 그대로 둔 것에 불과한 것이었을 테다. 눈을 뜨려는 생각이 어느 찰나에 스쳤을지라도 내 안의 작은 '나'들 중 가장 현명한 내가 눈을 뜨지 않는 것을 선택했던 것이다.

엄마가 나를 처음 받아 안은 순간은 이후로 내가 결코 잊을 수 없는 중요한 순간이 되었다. 내 기억 속에서 엄마가 나를 어떤 미움도 없이 오직 자신이 받아 안아야 할 아이로 받아들인 그 유일했던 순간에 나는 순전한 사랑을 체험했다. 연약한 마늘 냄새와 엄마의 화장품 냄새, 안전하고 포근한 품으로 들어가는 것이 어떤 것인지 경험하는 그 순간이 마치 끝없이 깊은 곳으로 들어가는 것처럼 아득하게 느껴졌고 이후 다시는 그런 경험을 할 수 없었다. 나는 그대로 눈을 뜨지 않았다. 내 몸이 엄마의 팔에 들려 이동하고 있을 때 공중에 낮게 떠 있는 기분을 고스란히 느낄 수 있었지만 나는 그대로 의식이 돌아오지 않은 사람처럼 있었다. 실제로 내가 깨어났다는 걸 엄마가 알아챘더라도 나를 갑자기 내동댕이칠 수는 없었을 것이다. 엄마도 어떤 판단을 유보해야 했을 것이다. 자신의 딸이 어떤 식으로든 위험에서 막 빠져나왔다는 것, 그리고 많은 눈이 지켜보는 가운데 보호자로서 책임을 다해야 한다는 부담을 느꼈을 것이다. 인간의 사랑은 헤아릴 수 없이 넓은 의미를 가지고 있지만, 그 사랑의 순간들은 마치 표면이 일정치 않은 뜰채와 같아서 세심하지 못할 경우 사랑은 거름망 사이로 빠져나가는 알갱이처럼 덧없어진다. 그녀는 나를 놓칠 수 있었을 것이다. 나는 마치 무게를 잃은 것처럼, 그러니까 소중함이라는 무게를 잃고 둔하고 차가운 살덩어리가 되어 바닥에 '쿵' 떨어질 수 있었을 것이다. 그러나 그녀의 사랑은, 지극한 사랑에 속하지 않을지라도 인류애에 가깝고 보편적이며 함부로 대하지 않는 마음일 수 있는 그녀의 사랑은, 안방에 종일 깔려 있는 목화요 위로 나를 옮기게 했다. 그 요에 내 등이 닿을 때 느껴지던 서늘함. 너무 서늘해 나도 모르게 아, 소리 내며 눈을 떠버릴 것 같은 그 섬뜩하도록 차갑던 온도 또한 잊을 수 없다. 그것은 마치 나를 받기 위해 준비된, 차게 식혀진 그러나 깨끗한 손처럼 느껴졌다. 요 한 장이 손처럼 나를 받았다. 그리고 그 요는 말없이 나를 받아주고 있는 시간을 연장했다. 내가 구르지 않도록, 구르고 싶은 마음이 들지 않도록 안전하고 부드럽게 나를 받아주었다. 엄마는 옷장을 열고 이불을 꺼내 내 몸을 덮어주었다. 그 이불은 눈을 떠서 확인해보지 않아도 아빠가 덮던 것임을 알 수 있었다. 아빠의 이불은 까끌까끌한 가장자리에 금박이 진하고 붉은 빛을 띠는 무겁고 커다란 것이었는데, 그것이 내 턱에 와 닿을 때 이상하게도 나는 눈물이 나려고 했다. 그 눈물은 순간적인 착각에서 오는 것이었다. 아빠의 마음 깊이 들어 있는 사랑, 내가 평소에 느낄 수 없던 그 사랑이 나를 안전하게 덮어주는 것 같은 느낌에 빠졌던 것이다. 그렇다. 나는 나를 둘러싼 작은 신호들을 진지하게 확대 해석하는 경향이 있었다. 그러나 그러지 않고는 나를 포함한 무언가를 이해할 방법이 없었다. 모든 사물과 존재들이 너무 큰 덩어리와 사건으로 몰아치기에 그것들을 오래 생각하며 이해하지 않으면 그 틈에서 나를 자라게 두거나 스스로 키울 수 없을 것 같았다. 나는 나의 성장을 지켜본다. 나는 내가 자랄 것을 결정한다. 나를 키우고 있다. 조금씩이라도 나를 둘러싼 주변을 이해해야만 했다. 그래야만 정원에 가득한 초여름의 여린 잎사귀와 줄기들이 태양 아래 공평함을 유지하며 자기 자리를 확보하고 자라나듯 자랄 수 있을 것 같았다. 나는 나를 키울 양분을 만들어야 했다. 그 양분은 뭔가를 보고 이해하며 만드는 것이었다. 뭔가를 이해하기 위해 생각하는 과정이 바로 씹고 섭취하는 과정이었고, 그것은 나를 자라게 하는 양분이 되어 돌아왔다. 내가 한순간도 생각을 멈추지 않는 것은 바로 자라기 위해서였다. 내가 마주한 많은 사람들이 그런 식으로 자기를 자라게 해왔다고 믿을 수밖에 없었다. 태와 혜가 그렇고 범과 은이 그렇다. 그 애들의 성장은 어느 순간 그들의 뒷모습을 볼 때, 그 뒷모습에 내가 아는, 나도 가지고 있을 법한 순간들이 가득 술렁이는 것을 볼 때, 그 비밀이 그들의 양분이며 그들이 자라나고 있다는 비밀에 다름 아니라는 생각을 하게 될 때 확실해져갔다.

서늘하게 나를 받아 든 요는 어느 사이 감쪽같이 서늘함을 감췄고 그 서늘한 기분에서 멀어지면서 나는 느리게 잠이 들었다.

나는 이제 잠 속에서 평화로울 것 같다. 알 수 없는 위기와 모멸의 순간들을 견디며 헛디디면 곧장 깨질 평온 속에서 머문다. 그리고 그 포근함이 언젠간 깨질 것이란 직감을 가지고, 잠 속에서 기한이 길지 않은 안전을 누린다. 꿈에서도 내 얕은 의식은 생각을 이어간다. 깨어나지 않고 이 잠이 영원히 이어질 수 있다면 좋겠다. 눈을 뜨면 거기에 내가 아는 엄마 아빠가 아닌, 나를 사랑하고 말이 없고 오로지 따뜻한 눈길로만 나를 바라보는 어른들이 있으면 좋겠다고 생각한다. 내가 잠이 드는 순간까지 밖에선 일정한 말소리가 들린다. 엄마는 큰형의 부모님과 이야기를 나누고 있다. 주로 큰형의 엄마와 나의 엄마의 목소리가 들린다. 분명 그의 아버지도 곁에 있을 텐데 그는 말하지 않는 것 같다. 그리고 나는 어쩐지 큰형이 무사하지 못할 것이란 생각을 한다. 이것들은 순차적인 생각이 아니었다. 마치 털실 한 뭉치에 색들이 엉켜 있는 것을 보다가 한 가닥을 우연히 뽑아내 살펴보듯 가늠하여 말하는 것일 뿐, 그 순간의 복합적인 생각은 내 잠 속에 가벼운 먼지 뭉치처럼 떠돌았다. 그리고 그 잠은 아주 어둡고 충일한 밀도로 나를 품었다.

내가 잠에서 깼을 때 식구들은 저녁식사를 하고 있었다. 젓가락이 부딪히는 소리, 도란도란 말소리, 숟가락이 입에 들어갔다 나오는 소리, 그릇에 수저가 부딪히는 소리, 엄마가 동생이 자꾸 흘리는 것을 줍고 동생을 무릎에 앉힌 채 무언가를 먹이는 소리. 소리들은 모두 장면이 되어 펼쳐졌다. 나는 눈을 뜨고 일어나고 싶었지만 갑자기 얇아지고 조금은 딱딱해진 것 같은 내 몸을 발견하고 당혹스러웠다. 잠 속에 흐르는 안온한 온도에서 빠져나왔을 때 눈앞에 그려지는 소리의 정체가 바로 지금 내 가족들에게서 나오는 것이며, 내가 그들과 맺고 있는 관계의 질이 그다지 좋지 않으며, 나에겐 해결하지 못한 숙제처럼 나를 짓누르는 큰형이란 존재가 있으며, 사실 내가 엄마 아빠의 보호를 받는 것이 아니라 큰형과의 사건으로 인해 오히려 매를 맞을지도 모른다는 극도의 불안감들이 단번에 나를 싸늘하게 식은 어둠이 되게 만들었다. 나는 어디서 시작된 것인지 모를 비명에 가까운 울음을 울기 시작했다. 그것은 지금까지 내가 알지 못했던 내 안의 낯선 덩어리가 터져 나오는 것이었다. 나는 커다란 내 울음소리에 스스로 시시각각 반응하며 놀랐다. 그런 나 자신을 연민했다. 그런 자신이 두려웠으며 이제 망해버릴지 모른다는, 아니 잠에서 빠져나와 이 세계에 돌아옴으로써 모든 것이 망해버렸다는 절망감에 빠졌다. 더 떨어질 수 없는 곳에서 그저 한번 외쳐보는 것 같은 심정으로 크게 울고 있었다. 엄마와 아빠는 그러나 내 예상을 깨고 내게 달려와 나를 끌어안았다. 그들은 나를 동시에 끌어안느라 서로를 포개듯 안을 수밖에 없었다. 동생들이 영문을 알 수 없다는 둥근 표정으로 우리를, 나와 부모님을 바라보았다. 나는 그때 처음으로 그들에게 완전히 속했다는 일체감을 맛보았다. 그리고 스스로 한번도 경쟁을 원한 적 없으나 동생들이 가지지 못한 것을 한 번은 가졌다는 승리감에 취했다. 동생들이 나를 부러워하길 원했지만 그들의 눈빛에는 어떤 것도 담겨 있지 않았다. 그것은 마치 아무렇지 않게 서 있던 책상이 무너진 것을 바라보는 듯한 표정이었다고밖에 설명할 수 없다. 놀랍지만 큰 의미는 느낄 수 없다고 말하는 것 같은 표정.

부모님은 나를 껴안고 앞뒤로 흔들며 조용히 위로하고 있었다. 나는 욕조나 물속에 담긴 아기가 된 기분이었다. 내 어깨로 따스한 물이 조용히 흐르는 듯했다. 부모님 또한 많이 놀랐다는 사실을, 그들이 얼마나 불길한 예감들을 누르며 나를 대하고 있는지를 알 수 있었다. 나는 다시 눕혀졌다. 그들이 내게 죽을 먹겠냐고 물었다. 나는 고개를 흔들었다. 배가 고프지 않았다. 아무것도 먹고 싶지 않았다. 나는 이 혼란스러운 뭉치를 하나씩 파헤쳐서 내가 이른 곳이 어디인지 알고 싶은 마음이었다.

그날 큰형은 집에서 쫓겨났다. 나는 그 일을 다른 아이들을 통해 들었다. 한동안 어쩌면 앞으로 내내 아이들은 그 집에 갈 수 없을 것이다. 기의 가족들은 검고 커다란 차단막을 내린 것처럼 아이들의 진입을 막았고 한동안 그 집은 마을에서 사라진 듯했다.

몸을 회복한 나는 어느 날 강둑에 가볼 수 있었다. 부모님은 내게 보조바퀴가 달린 내 키에 꼭 맞는 자전거를 사 주었다. 자전거가 도착하던 날을 뚜렷하게 기억한다. 큰삼촌이 모는 트럭이 집으로 오는 걸 보고 나는 삼촌이 왔다는 사실에 기뻐 펄쩍 뛰며 밖으로 나갔다. 큰삼촌이 올 것을 이미 알고 있던 부모님은 천천히 방문을 열고 나왔다. 그들은 말없이 미소를 지었다. 큰삼촌의 트럭에 실린 자전거가 설마 내 것이 되리라곤 생각하지 않았다. 그런 일은 절대 일어날 수 없는 일이었고 언감생심 그런 것을 바란 적도 없었기 때문이다. 나는 감히 무언가를 원하고 사달라고 조른 적이 없었다. 내게 자전거가 생길 거라는 기대 또한 당연히 해본 적 없었다. 아빠는 트럭에서 자전거를 내리더니 내게 올라가보라고 했다. 나는 가만히 자전거를 바라봤다. 내가 받기에는 너무 새것이었고 빛났다. 선명한 색감이며 자태가 진한 밤색 조랑말을 떠오르게 했다. 어떻게 타야 할지 엄두를 낼 수 없었다. 삼촌이 자전거 핸들의 한쪽을 잡으며 도와줄 테니 한번 타보라고 했다. 나는 자전거 타는 법을 이미 알고 있었지만, 삼촌이 보이는 그 친절이 자전거가 분명히 내 것이라는 확신을 주었기에 부끄러움과 어색함을 무릅쓰고 자전거에 올라타야 했다. 나는 자전거를 타고 곧장 마당을 몇 바퀴 돌았다. 부모님과 삼촌은 내가 자전거를 탈 수 있다는 사실에 놀라고 기뻐하는 것 같았다. 의외의 장면을 보듯 그들의 얼굴에 놀라움과 기쁨이 넘쳤다. 그 놀라움과 기쁨을 나는 온전히 누릴 수 없었다. 어느 울창한 여름 실개천의 범람을 보던 때의 기분처럼, 홍수 뒤에 범람하는 개천의 표정, 그들이 그들 자신의 마음을 아직 인식하지 못할 때에 전해지는 순수한 기쁨, 나는 그런 것을 잘 믿지 못한다. 그러나 기분만은 가벼워졌다. 내 안의 두려움을 날릴 만큼. 나는 그들에게 집 밖으로 나가도 좋을지 물었다. 그들이 나가도 좋다고 허락하자 나는 자전거를 타고 강둑을 향해 달렸다. 마음껏 실험해볼 수 있을 것이다. 큰형의 자전거 뒤에서 보았던 것을 확인해보고 싶었다. 어떤 속도가 흙바닥에 빗금을 만들지.

자전거를 달려 강둑에 이르렀을 때 나는 이상하게도 바닥을 보지 않고 속도를 냈다. 기의 집을 향해 달리고 있었다. 그러나 아무리 달려도 기의 집은 보이지 않았다. 미루나무가 있고 비닐하우스가 있고 분명 기의 집이 보여야 할 곳에 공터만 있었다. 나는 눈을 비비고 내 볼을 꼬집어보았다. 자전거를 세우고 두 발로 땅을 딛고 멀리, 가까이 시선을 돌려 기의 집을 찾았지만 보이지 않았다. 나는 기의 집 찾기를 포기했다. 아무도 내게 말해주지 않았지만 그 집이 끝내 보이지 않으리란 확신이 들었다. 집으로 돌아올 땐 어스름이 내리기 시작했다. 저녁이 시작되는 마을 곳곳엔 연기가 피어오르고 있었다. 나는 집으로 돌아와서 며칠이고 기의 집이 사라진 것에 대해 생각했다. 그리고 다시 동네에서 은을 만났을 때 은이 내게 말해주었다. 큰형이 며칠씩 집에 들어가지 못해 마을회관에서 자고 있으며 그의 엄마가 음식을 가져다주거나 마을의 엄마들이 그에게 밥을 가져다준다고. 당분간 큰형은 집에 들어갈 수 없다고. 큰형은 그의 아버지에게 크게 혼이 나고 죽을 만큼 맞았으며 내친 김에 그의 동생들은 지금까지 그가 자신들을 괴롭혔던 것을 모두 일러바쳤다고. 나는 기와 기의 누나가 자발적으로 큰형의 잘못을 고자질했을 것이라고 생각하지 않았다. 그들이 그렇게 말할 수밖에 없는 이유가 있었을 것이다. 은은 그 집에 대한 소문을 이야기했다. 심지어 기는 말을 하지 않는다고 했다. 기의 누나는 본래 말이 없었으나 기가 말을 하지 않는다는 것이 나를 괴롭게 했다. 그 어떤 일로도 쉽게 사라질 것 같지 않은 기의 빛나는 표정이 이제 사라져버린 것은 아닐까. 그 집을 둘러싸고 흉흉한 소문이 퍼지며 어둠이 깔리는 것 같았다. 우리는 다시 기의 집에 놀러 갈 수 없는 걸까? 내가 묻자 은이 대답했다. 그건 아닐 거야. 그렇게 큰일은 아니잖아. 큰일인 것처럼 내게 모든 것을 알려준 은이 큰일이 아니라고 하자 나는 나도 모르게 그 말을 받아서 말했다. 맞아. 그렇게 큰일이 아니니까.

3.

 우리는 늘 매를 맞았다. 어느 집이나 비슷했다. 어른이 아이를 때리는 저녁이 있었다. 저물녘 집에 들어갔다가 고함 소리와 함께 쫓겨나 동네 어귀 모퉁이에 쪼그려 앉아 언제쯤 집에 들어가도 될까, 아주 사라질 방법은 없을까, 생각하는 우리는 자주 비슷한 경험과 고민을 하고 있었다. 그런 일들의 내부를 파고들면 저마다 다른 복잡한 이유들이 있겠지만, 폭력과 도망은 정해진 결말처럼 비슷하게 다가왔다. 용서와 화해는 이뤄지기 힘든 일이었다. 각자 스스로의 분노를 설명할 방법이 없었다. 우리의 몸에는 서로 다른 분노들이 표 나지 않게 조금씩 새겨지고 있었다. 언제까지 가장 연약하고 조용한 표정으로 그것을 지니고 있을지 모른다. 언제 그것이 터져 나와 서로를 괴롭힐지 알 수 없다. 기의 집에 갈 수 없는 날들이 길어지고 있었다. 아이들은 기의 집에 가는 대신 마을 안쪽에 있는 목장집 앞에 모이기 시작했다. 소들이 팔려 간 후 목장은 내내 비어 있었다.

목장집의 원래 주인은 이 층에서 좀처럼 내려오지 않았고 목장에 살던 부부는 도시로 이사를 갔다고 했다. 그 목장은 마을의 안쪽에 위치했지만 아주 너른 곳이었고 마을에서 가장 오래된 집안 소유였다. 어린 우리들로선 가늠할 수 없는 크기였다. 마을 정류장에서 가까운 울타리는 마을의 중심에 이르도록 넓게 이어져 있었다. 딱 한 번 목장 주인집에 들어가본 적이 있었다. 주인집은 태의 친척이었고 그 집엔 말을 하지 못하는 소년이 살고 있었다. 소년은 나이를 가늠할 수 없는 모습을 하고 있었다. 몸집은 작았지만 그의 몸은 어쩐지 어른스러워 보였다. 우리보다 두서너 살은 많아 보였다. 그가 말을 하지 못하는 건 배우지 못해서라고도 했고 유전이라고도 했다. 말을 거의 하지 않는 것은 태를 보아서 짐작할 수 있었다. 하지만 태가 전혀 말을 못 하는 것은 아니었다. 태는 가끔 놀랍도록 또박또박 말하기도 했으니까. 특히 날씨에 대해 말할 때 태는 마치 일기예보를 전하는 기상 캐스터처럼 정확하게 말하곤 했다. 사실 그래서 태의 이상함은 더 부풀려지고 있었다. 그런 말들을 제외하곤 거의 한마디도 하지 않는 것이 태를 더욱 이해할 수 없는 아이로 만들고 있었다.

어느 날 태가 목장 안쪽을 향해 성큼성큼 걸어 들어갔다. 목장집 앞에는 우리 중 둘이 함께 들어가도 좋을 법한 큰 개집이 있었고, 개집 앞에는 늙고 살이 늘어진 개가 우리를 보는 것인지 우리 너머의 어딘가를 보고 있는 것인지 모를 눈빛을 하고 앉아 있었다. 어쩐지 개의 눈동자에 초록빛이 감돌았다. 그것이 개를 더 늙어 보이게 하는 것 같았다. 개 앞을 지나 태가 목장 안쪽으로 들어가도 개는 짖지 않았다. 잠시 소나기에 씻긴 듯 선명해진 목장의 초목 가운데로 태가 들어가자 목장은 완성된 그림처럼 더 나아 보였다. 태의 붉은 줄무늬 윗도리와 둥글고 큰 머리가 그곳으로 들어가자 활달하고 즐거운 느낌이 만들어졌다. 그 장면이 우리에게 안심해도 좋다는 신호가 된 것처럼, 누가 먼저랄 것도 없이 다들 조심스럽게 목장의 안쪽을 향해 걸어 들어갔다. 늘 그렇듯 한데 어울려 놀이를 하다보면 그곳이 어디인지, 시간이 얼마나 흘렀는지 우리는 쉽게 잊었다.

나는 문득 고개를 들어 철책 너머로 펼쳐진 하늘을 보았다. 시간이 이곳과 다르게 흐르는 어떤 세계를 보고 있는 것 같았다. 저 길고 느린 하늘의 시간 속으로 들어가면 어떤 느낌일까. 과연 나는 그것을 경험해볼 기회가 있을까. 비행기를 타면 그것이 가능할까. 구름과 구름이 서로 연관 없는 모양처럼 그러나 상관없지 않은 듯 서로 이어져 흐르고, 푸르스름한 빛은 조금씩 진해졌다 옅어졌다 하며 유연하게 흐르고 있었다. 나는 아, 소리를 멈출 수 없었다. 나만 들을 수 있을 만큼 작은 소리가 새어 나왔다. 그 짧은 비명을 아무도 알아차리지 못했지만 그것은 그저 감탄이 아니었다.

기가 그립다는 생각, 기의 얼굴을 보고 싶다는 생각이 툭 치고 들어오며 나는 이상한 멀미를 느꼈다. 그리고 다시 올려다본 하늘에 어쩐지 흐릿한 얼굴 같은 것이 보였다. 그 얼굴은 언젠가 나를 끌어안던 엄마의 품처럼 멀고 깊고 아득해 보였다. 무엇이 보고 싶고, 보고 싶고, 다시 보고 싶은 마음. 말하고 싶고, 말하고 싶고, 말하고 싶은 마음. 그러나 무엇을 말해야 할지, 무엇을 보고 싶은 것인지 둘러보아도 서서히 멀어지는 것 같은 순간이 연장되었다. 저 먼 곳이 나를 안아줄 것만 같은 예감에 그곳을 끝없이 염원하지만 결코 이뤄지지 않으리라는 것을, 내 뱃속 아래에서부터 알고 있는 그 미약한 절망을 나는 동시에 느끼고 있었다. 그리고 끝내 이뤄지지 않을 것을 알면서도 그것을 향해 달리는 일이 앞으로 내가 내내 경험하고 느끼게 될 일이란 것도 알 것 같았다. 저 먼 하늘에서부터 알알이 들어와 박히는 예감 같은 것이었다. 나만 느끼는 예감이 아니란 걸 나는 알고 있었다. 내가 바라보는 태의 눈동자에서, 기의 깨처럼 빛나는 순간에서, 은의 검고 긴 머리칼에서 나는 얼마나 많은 순간들에 그런 예감을 느껴왔던가. 그것은 이별의 예감 같은 것이기도 했다. 우리는 말로 표현하지 않지만 끈끈한 유대감을 느끼고 있으며 각자 서로가 되고 싶을 만큼 좋은 순간들을 경험하고 있었다. 하지만 결코 하나가 되지 못한다는, 절대 하나가 될 수 없다는 안타까움도 알고 있었다.

희망의 모서리가 접히는 순간들을 알고 있다. 그런 순간들이 찾아오면 우리는 크고 환하게 웃다가 조용히 숨을 내쉰다. 숨을 내쉬는 동안 부담스러울 만치 차오르던 희망이 빠져나간다. 숨이 빠져나가며 내 안은 불을 환하게 밝힌 무대였다가 등이 점멸하는 무대가 된다. 어둠이, 고요가 들어찬다. 나는 무대에서 내려온다. 나를 가득 채우던 기쁨은 다시 나에게서 먼 빛이 되어 밀려간다. 한번도 자리를 바꾼 적이 없으며 바꿀 필요도 없었던 그 빛을 나는 물끄러미 바라본다. 그것이 내게 오는 순간을 알고 있지만 다시 되돌아가는, 영영 자리를 바꾸지 않는 빛인 것을 인정한다. 그렇기에 그 빛은 결코 하나가 될 수 없지만 하나가 될 것만 같은, 가능할 것 같은 순간들로 우리를 이어지게 한다. 몸을 가득 비추는 환한 것이, 채워졌다가 밀려나가는 단일하고 무구한 움직임이 각자에게 있으리란 것을 알고 있다.

그것이 너무 선명하게 느껴질 땐 밀려나간 호흡에 밖으로 나와 먼 빛을 바라보며 슬퍼진다. 들이쉬는 숨에 내 안에 들어와 자리를 잡는 어둠 속 반짝이는 미세 입자를 느끼며 감탄한다. 나는 움직이며 반짝이는 물체가 되어 있는 것 같다. 내가 움직일 때 해는 빛나고 바람은 느리게 말을 건네듯 내 팔꿈치와 귀를 어르고 지나간다. 이토록 느리고 분명한 것, 먼 곳에서부터 내게로 오는 순간들의 마법을 알고 있지만 그것에 그저 빠져들어서는 안 된다. 나는 걸음을 더 빨리 옮기고 아이들이 놀이를 하고 있는 저 목장의 구석, 아카시아 나무 아래까지 도달해야 한다.

모든 움직임이 아름다워서 하나도 놓치고 싶지 않

다. 걸을 때 와 닿는 바닥의 풀들도 모두 나를 알고 있을 것 같다. 속속들이 알고 있는 것. 풀 위로 발을 디딜 때 내가 그것들을 아프게 하는 것이 아니라 서로 작용을 주고받는 것이라는 사실을 받아들이며 내 걸음은 안정을 찾는다. 발아래 와 닿는 느낌을 잊지 않기 위해 준비된 마음으로 걸어야 한다. 아주 짧은 동안에 나는 마음의 준비를 한다. 발이 풀을 누르면 풀은 나를 알아차린다. 나라는 것을, 내가 걷는다는 것을. 풀은 내가 알 수 없는 오래된 것이다. 풀이 풀로 여기 있는 것, 풀이 하나의 풀에서 곁의 풀에게로 이어지고, 서툴게 잘라낸 것처럼 짧은 높이를 가지고서 손바닥만 한 흙 위를 채우고 채우며 이어지는 것, 풀 위로 드리워진 그림자 위로 태양이 빛나는 것, 이것을 아무도 없앨 수 없다. 풀이 그림자에 가려지고 드러나길 반복하는 것, 그 사이로 바람이 지나온 것을 아무도 없앨 수 없다. 이것이 내가 말하고 싶은 이상하고 확고한 믿음의 배경이다. 손으로 잡거나 말로 설명할 수 없지만 그것을 느끼며 걷는 동안 풀은 이곳이야말로 내게 적당한 피로와 안전과 모험을 준다는 설명을 그러듯 전해준다.

발은 피곤을 겪고 그 피곤을 향해 걸어간다. 인간은 모두 어떤 피로를 만들어간다. 피로가 아니라 노곤함이라 바꿔 말하자. 노곤함을 만들지 않으면 밤의 별들로부터 빛이 이를 곳이 없어진다. 밀려나온 숨결마다 환해지는 빛이 이를 곳이 없다. 그 빛이 이를 곳을 찾기 위해 나는 노곤함을 생산한다. 걸음을 걸으며 내 걸음의 보이지 않는 노력들이 내 육체와 육체가 머금은 시간 사이로 서서히 쌓이는 것을 느낀다. 그것이 느껴질 때 나는 기뻤다. 처음 내가 걷던 날을 기억할 수 있는 것처럼. 내가 처음 걷던 날 이후로 걸을 때마다 미묘하게 차오르는 기쁨을 반복해서 느끼던 것처럼. 설령 넘어져도 내가 사라지거나 많이 아프지 않으리란 믿음에 의해 나는 옮겨질 수 있었다. 그 믿음은 발아래의 기미를 알아채는 것으로 시작해 발바닥과 유연한 마디의 움직임을 통해 발목으로 진행됐다. 내 걸음이 안전하게 나를 품듯이 움직일 수 있는 날이 오고 그것이 온전히 나로부터 비롯된다는 즐거움을 느꼈을 때, 보행하며 다른 것을 함께 할 수도 있을 것 같다는 확신이 들었을 때, 걷다가 앉아서 무언가를 들어보았다. 처음엔 잡기 쉬운 것을 들고 시간이 지나며 더 작은 물체를, 잡기 힘든 것을, 눈으로 알아채기 힘든 것을 찾아내는 발견을 행했다. 그렇게 이어가던 보행의 기억을 내가 설령 갖고 있지 않았더라도 나는 풀 위를 걸으며 아득히 깊은 곳에 가라앉은 걸음의 기억들을 새로이 찾아내듯 꺼내 올릴 수 있었다.

태가 우리를 목장으로 안내한 날 우리는 모두 태의 인도로 가장 너른 풀밭을 처음으로 두려움 없이 걸을 수 있었다.

삶은 순차적인 알림 없이 엉킨 털실 뭉치를 던져주듯 우리에게 이해할 수 없는 숙제를 던져준다. 웅크리고 품어야 할 사실들이 우리에게 전해지기도 한다. 그것을 통해 우리가 앞으로 많은 순간들을 깊고 아프게 건너야 할 것이란 사실을 배우지만 우리는 슬프다. 속수무책이다. 알 수 없는 곳으로 떨어지듯 당도한 순간을 참아내거나 견디기가 어렵다. 태의 죽음이 우리에게 그랬다. 태가 늙은 개에게 물려서 죽을 수밖에 없는 아이였는가를 나는 수없이 생각했다. 태는 개에게 물려 죽은 것이 아니라 어떤 병에 걸렸었다고 하지만 태의 죽음을 개와 떼어놓고 생각할 수 없었다. 태는 그날 오른손 엄지와 검지 사이를, 검고 통통하며 부드럽지 않은 그의 손아귀를 늙은 개에게 물렸다. 태는 울지도 않고 그곳을 손으로 붙잡았고 우리는 겁에 질렸다. 늙은 개가 사람을 물 수 있다는 사실 또한 상당한 충격이었다. 그리고 그날의 충격과 태의 부재는 우리에게 말로 표현해낼 수 없는 어떤 영원한 곳이 되었다. 그가 사라지며 우리에게 침묵의 장소를 건넨 것처럼 우리는 하나의 빈 곳을 가지게 되었다.

태는 그날 아카시아 나무에 올라가 표면이 우둘투둘 드러난, 가장 길게 뻗은 가지 쪽을 향해 나아갔다. 그리고 나무늘보를 흉내 내듯, 몸을 찌르는 가시가 마치 자신을 감싸는 부드러운 이불이라도 되는 듯, 아픔을 느끼지 않는 것처럼 가지의 형태를 따라 천천히 몸을 눕히고 나무와 한 몸이 되었다. 그런 다음 개그 프로에 나오는 사람처럼 눈을 지그시 감고 억지로 입꼬리를 한껏 끌어올려 미소를 지으며 나무를 쓰다듬었다. 사랑스러운 고양이라도 한 마리 품고 있는 것처럼.

어디선가 본 것처럼 익숙하지만 억지스러운 행동, 누군가가 자신을 보고 웃기를 바라는, 웃음을 만들기 위한 표정을 태가 짓는 것이 우리에겐 낯설었다. 그가 갑자기 왜 저러는 것인지 알 수 없었다. 우리는 목장의 조금 축축한 흙 위에서, 발이 빠지는 자리에서, 오래전 사라진 소들의 분뇨가 발효되어 잘 마른 거름이 된, 질고 거친 풀들이 빡빡하게 자라난 자리에서 태를 보았다. 그러는 태가 조금 무서웠다. 태야, 내려와. 은이 말했다. 그러다 떨어져. 그러나 우린 알고 있었다. 태는 우리가 내려오라고 할수록 내려오지 않을 것이고, 태의 행동은 어떤 뜻도 없이 하는 행동이지만 태 안에 무수한 변화들이 진행되고 있다는 것을.

우리는 우리 중 어느 한 사람의 작은 변화도 모두 알아챘다. 무료한 날씨의 변화를 몸에 새기듯 우리는 우리가 보낸 어제와 그제를 모두 기억했다. 서로 기억을 확인할 필요도 없이 우리가 매일 보내는 일상이 서로에게 스며 있었다. 태는 그저 저러는 것이 아니다. 태는 지금까지의 태가 아니란 신호를 우리에게 서서히 보낼 것이다. 그리고 나 역시 생각했다. 나도 태가 되고 싶다. 나도 다른 신호를 찾고 싶다. 나도 저런 바보 같은 표정을 짓고 싶다. 옷을 벗을까. 엄마는 내게 꼭 끼는 스타킹과 꼭 끼는 내의를 입히는데 나는 몸에 꼭 맞는 옷들을 견딜 수 없었다. 어느 날 내가 좋아하는 빨간 주름치마를 입기 위해서 내가 가장 답답해하는 타이트한 스타킹을 신어야 한다는 말에 나는 안방 장롱 앞에 앉아 울기 시작했다. 입기도 전에 숨이 막혀오는 것이 답답하기도 했지만 오늘의 평화가 부서졌다는 예감이 나를 절망하게 했다.

정강이를 지나 점점 다리를 덮어오는 까끌까끌하고 조이는 느낌에 온통 숨이 멎을 것 같은 순간을 참으며 흘러내리는 눈물을 멈추지 못한 채 스타킹을 올리고 있을 때, 부엌에서 내가 훌쩍이는 소리를 들으며 설거지를 하던, 그러나 내 울음을 모르는 척하다 끝내 참지 못한 엄마가 고무장갑을 낀 채 방으로 걸어 들어왔다. 미처 슬리퍼를 다 벗지도 못한 채 엄마가 나를 향해 다가올 때 나는 그 붉은 고무장갑에 시선을 빼앗겼고, 이제 곧 일어날 일들에 사로잡혀 멈출 수 없는 울음 속으로 나를 피신시켰다. 얼얼한 느낌, 내 머리카락이 온통 얼굴에 쓸리는 느낌. 장롱에 부딪히고 몸이 눌리는 느낌. 그것은 통증이 아니었다. 공포 속에서 벌어지는 일들은 종이 위에 사선을 그리며 도형을 완성하는 과정이 된다. 머리는 빠르게 회전하는 속구를 보듯이 이쪽저쪽으로 이동한다. 나팔꽃, 나는 나팔꽃을 좋아했지. 저기 열린 문 틈새로 나팔꽃이 보인다. 엄마의 다리는 나무 도막 같아. 그것이 슬퍼. 엄마는 엄마의 다리가 나무 도막을 닮은 걸 모르겠지. 엄마의 옷 속에 숨겨진 저 다리가 나는 슬퍼. 나는 견디지 못한 대가를 치러야 한다. 나는 값을 치르기 위해 부서진 계산대 위에 놓여 있고, 나는 엄마의 딸도 엄마가 모르는 사람도 아닌 어느 경계에서 엄마의 반응을 받는다. 우리는 움직임을 주고받는다. 아프다는 인식이 생기려 할 때마다 나는 그것으로부터 달아난다. 나를 빼내자. 나는 선이 되고, 구가 되고, 갈대처럼 부서져도 다시 부서질 수 있는 수없이 많은 무리가 된다. 그래도 엄마가 이것을 그만두지 않으면 나는 더 오래 가루가 되리라. 그런데 엄마가 이것을 끝내면 나는 엄마가 무엇을 할지 안다. 엄마는 서서히 내 옷 안에 잘 들어가 있는 붉은 자국, 아직 멍이 되지 않은 자신의 손자국을 살필 것이다. 나는 못생기고 터져버린 인형처럼 가만히 있는다. 가끔은 엄마가 다시 무언가를 시작한다. 엄마는 여러 가지 말을 시작한다. 아빠가 아프다는 것. 삼촌이 도와주지 않는다는 것. 아빠가 아픈데 내가 말을 안 듣는다는 것. 동생들에게 본이 되지 않는다는 것. 내가 무엇이든 잘해야 하는데 무엇이든 못하는 아이가 되어 있어 답답하다는 것. 특히 이 붉은 주름치마는 큰집에서 온 것인데 서울에서도 부자 친척이 입던 고급스러운 옷이고 시골에서 이런 옷은 구경도 못 한다는 것. 나는 그제야 말이 들린다. 나를 붙잡고 현실로 데려오는 어떤 단어들이 있다. 나는 억울하다. 나는 주름치마가 싫어서 운 것이 아니다. 나는 스타킹을 신을 수 없는데 엄마는 그것을 알면서도 내게 일부러 더 좁은 틈으로 다리를 끼워 넣어야 하는 스타킹을 주고서 내가 주름치마를 싫어한다고 말한다. 엄마가 이 사실을 정말 모른다고 할 수 없다. 나는 매번 그 스타킹을 신을 때마다 맞았으니까. 그런데도 엄마는 스타킹을 버리지 않는다. 엄마는 버리는 것이 없다. 하지만 내게는 다른 스타킹이 있다. 엄마는 내가 좋아하는 스타킹을 좋아하지 않는다.

엄마는 나를 바닥에서 들어 올려 내 머리를 정돈한다. 이제 그녀는 고무장갑을 벗었다. 엄마가 화장대에서 기름한 유리병을 가지고 온다. 엄마는 손에 액체를 콕 찍어 내 귓바퀴 뒤에 그것을 묻힌다. 엄마는 그 냄새가 좋다고 생각하지만 나는 그것을 바르면 밥을 먹을 수 없다. 이것은 고난의 연속이다. 나는 밥을 먹지 못한다. 나는 두통과 어지럼증을 얻는다. 아버지는 건넌방에서 이 모든 것을 듣고 있다. 그는 쉽게 넘어오지 않는다. 그가 이곳으로 합류하는가 합류하지 않는가는 모두 엄마에게 달려 있다. 엄마가 이것을 빨리 끝내지 않고 나를 더 오래 울게 하면 아버지는 넘어온다. 그리고 나는 이제 모든 것을 포기한다. 어떤 곳으로 피신해도 나는 끌려 나온다. 아버지는 전화기를 들고 경찰서에 전화한다. 여기 나쁜 아이가 있는데 이 아이를 데리고 가라고 전화한다. 아버지는 그러고서 나와 협상을 한다. 울음을 멈추라고 한다. 나는 이미 울음을 멈췄는데 아버지는 울음을 멈추라고 한다. 울음을 멈췄지만 나는 딸꾹질을 하듯 숨을 끅끅 쉬게 된다. 아버지는 그것을 울음이라고 한다. 나는 "안 울어요."라고 말하고 싶은데 숨이 정돈되지 않아 소리를 낼 수가 없다. 아버지가 이렇게 말을 거는 동안 나는 조금씩 의도치 않은 온도를 느낀다. 따스하게 밀려오는 안도감. 멈춰진 것 같아. 너는 안심해도 돼. 나를 둘러싼 공기가 나에게 알려주는 은밀한 신호. 그러나 아버지는 내 울음을 오해한다. 내가 울지 않아도 운다고 말하면서 나 같은 아이를 잡아가는 경찰이 있다고 한다. 그는 다시 전화기를 든다. 연보라색 전화기는 내가 아주 좋아하는 것이다. 나는 그 전화기를 가지고 자주 놀았다. 어떤 번호를 택하고 통화가 되기를 기다리는 것이 나는 좋았다. 기다리는 시간은 미묘한 자유와 상상의 여지를 주었기에. 아무도 전화를 받지 않는 그 순간에 나는 세상에서 가장 안전한 장난꾸러기가 된 기분을 느꼈다. 그 전화기가, 나를 즐겁게 해주던 전화기가 여전히 아름다운 연보랏빛 전화기가 그런 무서운 일을 해낼 수 있을까. 경찰을 부를 수 있을까. 의심이 든다. 그런 일은 저런 예쁜 색을 통해서 일어나지 않을 것 같다. 그러나 아버지의 목소리에는 확고함이 있다. 예, 경찰서죠. 여기 계속

거짓말을 하고 우는 아이가 있는데 이런 애도 잡아가는 거 맞죠? 예, 맞아요. 계속 울고 멈추지를 않아요. 아, 거기도 벌써 잡혀 온 애들이 있다고요? 알겠습니다. 제가 다시 전화하겠습니다. 아버지는 정말 누군가와 대화를 하는 것이 분명하다. 하지만 어슴푸레 의심이 끼어드는 동안 내 숨소리는 슬며시 정돈되고 있다.

아버지에게 열중하고 아버지를 의심하는 동안, 공포는 서서히 잊히고 나는 내 숨으로 돌아온 아이가 되고 있다. 아버지가 나를 유심히 보고 말한다. 여봐라, 안 울 수 있지? 나는 그게 내게 묻는 물음인지 인지하지 못한다. 나는 울음으로부터 빠져나와 전화기와 아버지와 경찰의 상관관계에 빠져 있다. 여기 어딘가에 숨어 있는 빈틈, 허점을 나는 잡을 수 있을 것 같은데, 그리 정교하지 않은 속임수에 온통 바쳐진 내가 아련하게 어리석다는 느낌을 받는 중이다. 아버지는 엄마가 나를 다루는 방식에 동조한다. 그는 내 머리칼이 여기저기 흩어져 있는 것을 상관하지 않는다. 아버지는 마치 모든 일을 훌륭하게 완수한 사람처럼 물러가고 엄마는 내게 상을 차리라고 한다. 나는 밥상을 닦고 밥상에 음식을 놓으며 코를 찌르는 내 지독한 냄새에 멀미를 시작한다. 밥상을 닦으며 그러나 다짐한다. 밥을 먹을 거라고. 내가 느끼는 멀미를 숨길 수 있다고. 밥상 위에 김이 오르는 찌개가 놓이고 반찬이 놓인다. 그중 내가 먹지 못하는 무나물이 있고 현미와 콩이 섞인 밥이 있고 나는 반쯤 절망한다. 내가 무사히 해낼 수 있을까. 저 모든 것을 무사히 넘길 수 있을까. 엄마가 제발 내 밥은 조금만 담으면 좋겠다. 그러나 엄마는 알고 있다. 내가 더 혼나야 함에도 배은망덕하게 이 아침을 무사히 나려는 안일한 생각에 빠져 있다는 것을……

내가 보기에 모든 사람들은 다 알면서도 화를 불러들이려 노력한다. 왜냐하면 어떤 상황에서도 그들은 어른이니까. 어른은 잘못을 하지 않으니까. 어른은 이미 어른이 되는 동안 잘못을 이해받는 면죄부를 얻었으니까.

엄마는 성숙하다. 성숙하다는 말을 나도 한 번은 들었는데 그건 내가 거짓말을 하고 있을 때였다. 제대로 거짓말을 한 건 아니지만 내가 아닌 것처럼 행동하고 있을 때였다. 알면서도 모르는 척하고 있을 때 나는 성숙하단 말을 들었다. 엄마는 지금 성숙하다. 엄마는 모르는 척하면서 내 밥을 가득 담는다. 나는 그것을 동생 앞으로 밀어 놓는다. 동생은 엄마를 부른다. 엄마는 자신도 모르게 나를 노려본다. 나는 동생 앞으로 밀어 놓은 밥을 다시 내 앞으로 가져온다. 나는 콩을 천천히 씹는다. 삼키면 좋겠지만 아버지는 입에 든 음식을 삼십 번씩 씹으라고 하면서 속으로 숫자를 세게 한다. 다시 상이 뒤집어진다. 나는 절망할 틈도 없이 오늘은 학교에 가지 않으리란 걸 안다. 나는 나로부터 도망친다. 이대로 나는 들판을 향해 내쳐 달려 나간다. 나무 한 그루, 마당의 연못, 연못 속으로 숨자.

태를 죽게 했다고 아이들이 개에게 돌을 던지기 시작했다. 우리는 슬픔을 드러낼 방법을 모르고 슬픔을 숨길 방법도 모른다. 우리는 태의 사라짐을, 태가 우리에게 보인 그 마지막 여유로운 모습을 품고 태를 다시 불러올 방법을 모른다. 우리는 태를 둘러싼 모든 것을 하나하나 떠올리기 시작했다. 태의 동생은 이전처럼 똑똑하고 예뻤지만 그 애의 옷은 어딘지 뜯어지거나 더러워진 것처럼 보였다. 그 애의 땋은 머리가 점점 헐거워지고 있었다. 그 애의 빛나는 오뚝한 콧날이 점점 무뎌지고 있었다. 그 애의 모든 모서리가 사라지는 것처럼 보였다. 종내는 허물어져 내릴 것처럼 태의 동생은 매일 조금씩 희미한 변화를 겪고 있었다. 태의 동생은 시간을 잘 알아채고 하늘을 한번 쳐다보고선 집으로 가차 없이 돌아가던 아이였는데, 이제는 어스름이 내려도 쪼그리고 앉아 돌을 줍거나 나뭇가지로 바닥에 그림을 그렸다. 그것은 그러나 그림이 아니었다. 그것은 어쩌면 나처럼 바닥에 떠오른 태의 어떤 모습에 콕콕 점을 찍는 것이었다. 이렇게 있을 것만 같은데 없는 것이 슬픔이다. 이렇게 쿡 찌를 수 있을 것만 같은데 그럴 수 없는 것이 슬픔이다.

우리는 어스름과 함께 슬픔에 들어간다. 우리 중 한 명이 훌쩍이다가 개에게 돌을 던진다. 개는 끄응 소리를 낸다. 저 개는 태를 물었지만 개는 변함없이 거기 있다. 누구도 개가 태를 물어서 죽은 것이라고 생각하지 않는 것 같다. 그 상처는 깊지 않았고 태도 그것을 아무에게도 말하지 않았을 것이다. 태는 여름이면 걸릴 수 있는 어떤 병에 걸려 죽었다는데 왜 우리는 그 병에 걸리지 않은 걸까. 해마다 그 병에 걸려 죽는 사람들이 있다는데, 우리 모두 접종을 했는데, 그래도 죽는 사람은 있다는데, 예방주사를 맞아도 무조건 걸리지 않는 것은 아니라고 밥상에서 어른들이 하는 말을 듣긴 했는데, 왜 태만 죽음을 피하지 못했을까. 태가 맞은 주사만 허술한 것이었을까. 나는 태에게 하고 싶은 말이 있었다.

태를 닮은 사람을 보면 태를 만난 것처럼 그에게 모두 말하리라. 너는 사실 우리 중 가장 성숙한 사람이었다고. 너는 모두 알면서 아는 것을 모르는 것처럼 우리를 견뎠다고. 견디는 것이 나쁜 것은 아니지만 너는 왜 그렇게 일찍 견뎠냐고. 나는 견디는 것이 있지만 슬금슬금 견디는 것에서 빠져나와 내 웃음을 풀어놓곤 했는데 왜 너는 웃지 않았냐고. 나는 태의 동생을 견디기 힘들다. 태의 동생은 점점 태를 닮아가고 있다.

자식에게 가하는 폭력을 사랑이라고 표현하는 어른들은 그들이 받아온 상처와 울분을, 그들 안에 새겨진 습관을 감추지 않고 폭발시킨다. 자신들의 이빨을 드러내며 우리를 가장 구석진 모서리로 몰아간다. 그러나 우리에겐 하늘이 있고 하늘의 가장자리는 늘 서늘한 감정을 불러일으켰으며 우리가 비록 이곳을 벗어나지 못해도 서늘한 가장자리 그 어딘가에 우리가 기억하지 못하는 우리의 장소가 있으리란 사실을 아련한 그리움으로 품고 있었다.

태의 동생은 점점 더 씻지 않은 몰골로 목장에 나왔다. 우리는 아직 기의 집으로 가지 못하고 목장에도 안착하지 못했으나 다만 갈 곳을 정하지 못한 시간 동안 이곳에 정차한 것처럼 머물렀다. 태의 아버지가 종종 마을 어귀의 선술집 앞에 쓰러져 있는 것을 보았다. 태의 어머니는 모습을 보이지 않았다. 태의 어머니와 아버지가 일상을 벗어난 사람처럼 힘겨워 보이는 것이 나에게는 어쩐지 위로가 되었다. 태를 생각하면 다행이란 생각이 들었다. 그러나 태는 돌아오지 않는다. 우리는 길을 걷다 멀리 태의 아버지가 보이면 얼른 몸을 숨겼다. 그는 우리 곁을 말없이 지나갔지만 그가 무겁게 옮기는 걸음에서 고통이 느껴졌다. 태는 하루가 멀다 하고 매를 맞았는데 그는 어떤 이유로 태를 그렇게 때렸을까. 태가 살아 있다면 언젠간 그 폭력을 스스로 멈추고 자신의 아이들에게 보여야 할 사랑을 보일 수 있었을까.

나는 탱자나무 울타리를 향해 달렸다. 기의 집에 가지 않는 동안 나는 평온하지 않았다. 그동안 내겐 몇 개의 선명한 붉은 줄이 생겼고, 여러 밤 혀를 깨물고 죽는 연습을 했으며, 잠든 동생들의 손을 동생들이 깨지 않을 만큼 꼬집기도 했다. 어떤 날은 달에도 다녀올 수 있을 만큼 나 자신이 무궁무진하게 느껴져 무엇이든 할 수 있을 것만 같은 느낌에 사로잡혔으며, 어느 날은 나무둥치의 까끌까끌한 껍질 틈 사이로 사라지지 못하는 것이 슬펐다. 티끌처럼 작아져 종내는 보이지 않는 것이 되어야 할 텐데 이토록 커다란 몸으로 세상에 맞지 않는 것만을 하고 있는 것이 무섭도록 슬프고 화가 났다.

  태가 죽고 우리가 개에게 자꾸 돌을 던지는 것을 목장집 이 층에서 지켜보던 할아버지가 목장 입구에 말뚝을 박았다. 말뚝의 푯말 위엔 개를 괴롭히는 사람의 출입을 금한다고 적혀 있었다. 우리는 목장에 들어가서 개를 괴롭히지 않고 시간을 보낼 수도 있었다. 아마도 그 노인 또한 우리에게 목장에 들어오되 개를 괴롭히지 말라는 뜻으로 푯말을 적은 것이었을 테지만 우리는 그 경계를 넘지 못했다. 그것은 어떤 답답함이었다. 우리 중 누구도 태의 이야기를 제대로 꺼내지 않았고 죽음을 애도할 방식을 찾아내지 못했다. 우리가 한 것은 겨우 개를 향한 돌팔매질이었다. 그 또한 어떤 식으로든 애도나 복수로, 태를 기리기 위해 태를 생각하다 터져 나온 마음으로 받아들여지지 않았다. 우리가 찾은 하찮은 방식이 결국 이렇게 오해로 끝나는 것을 우리는 답답해했다. 그리고 그날 우리는 다시 기의 집을 향해 걸었다.

4.

 태양이 땅을 향해 뜨거운 빛을 고루 비추는 계절이 왔다. 연둣빛 잎사귀들은 성큼성큼 무성한 초록을 향해 짙어지고 있었다. 빛을 걸음걸이로 표현한다면 큰 발로 성큼성큼 움직이는 것처럼 여름의 빛은 대범하다. 그 대범한 빛 사이로 걸을 때 무겁던 우리의 마음은 이유를 알 수 없이 불안할 정도로 크고 경쾌해졌다. 우리는 갑자기 달리기 시작했다. 강둑을 향해 달렸다. 강둑으로 올라서자 우렁찬 물결이 한 곳으로 향하는 강의 흐름이 보였다. 몰라보게 자란 수풀 속엔 이제 독사도 한두 마리 있을 것이다. 범이 조르르 강둑을 내려가 풀숲으로 이내 몸을 숨겼다. 범은 도마뱀을 잘 잡았다. 범이 풀숲으로 사라지자마자 은과 혜는 뛰기 시작했다. 우리 기한테 가기로 했잖아. 잊었어? 빨리 가야 한다고.

 범은 도마뱀을 잡으면 그것을 아이들의 옷 속으로 집어넣곤 했다. 그건 이루 말할 수 없이 심각하고 징그러운 장난인데 범은 은과 혜에게만 그 장난을 했다. 언젠가 내 아버지에게 크게 혼난 적이 있는 범은 나와 말을 하지 않았다. 나는 여러 아이들에 둘러싸여 그 사이에서 범과의 어색함을 희석시키고 있었다. 범은 도마뱀을 잡는 데 실패했다고 했다. 어쩐지 돌아오는 범의 어깨가 축 쳐져 보였다. 사실 달리기를 멈추자 우리는 더 이상 경쾌하거나 흥이 나지 않았다. 범이 도마뱀을 잡을 때 짝이 되던 아이는 태였다. 범은 아마도 도마뱀을 잡으려는 순간 결을 느꼈을 것이다. 사라진 결을 느낀 순간 손에서 흘러내리는 한 줌의 모래처럼 어떤 확신이 스르르 빠져나가는 것을 느꼈을 것이다. 범의 그런 상태를 우리는 알고 있었다. 은과 혜는 달리다가 멈췄다. 잉크를 풀어놓은 것처럼 휘황한 하늘의 파란 줄기들이 아이들의 머리를 맴도는 것 같았다.

 나는 이 이야기를 언제까지 할 것인가. 내가 그 아이들의 결을 도는 동안 너는 어떤 나무를 보고 어떤 지붕 아래에서 잠이 들었을까. 나는 그중 어떤 아이와 결혼을 하게 될까 상상해본 적이 있었다. 기의 큰형 같은 사람은 끼어들 수 없을 정도로 분명한 사람을 원한다는 것을 나는 일찍 알았다. 내가 혼자 오롯이 이 집에서 나갈 수 있을 것이란 생각은 감히 할 수 없었다. 매일이 죽음에 가까웠기에 먼 미래에 내가 나의 힘으로 집을 나갈 수 있을 것이란 생각은 할 수 없었다. 다만 '나는 죽을 거예요.'라고 쓴 종잇조각을 항상 품고 다녔다. 그것은 다섯 살 무렵부터 이어져온 것이었다. 다섯 살 무렵엔 '나 집 나가요.' 라는 말을 쓰고 싶어서 동네 언니와 오빠들 뒤를 따라다녔다. 그것이 얼마나 힘겨운 행군인지 모를 것이다. 나는 몽당연필 한 자루와 종이를 품고 오로지 그 한 문장을 얻기 위해 나보다 나이 많은 언니 오빠들의 뒤를 따라다녔다. 그렇게 꾸준히 기회를 엿보며 생각했다. '저들 중 한 명과 단둘이 있게 되는 순간이 오면 나는 말할 거야. 내가 이제 집을 나간다는 말을 적어달라고.'

나는 글을 적을 줄 몰랐다. 글씨를 몰랐다. 동생은 나보다 말을 잘했고 아마도 그 애가 다섯 살이 되면 글을 적을 줄 아는 아이가 될 것 같았지만, 내게 글은 너무 먼 곳에 있는 잡기 힘든 물체에 가까웠다. 그러나 무엇을 전달할 때 글만 한 것이 없다는 사실은 알고 있었다. 이모는 엄마와 멀리 떨어져 살았는데 엄마에게 편지를 보내곤 했다. 엄마는 편지를 읽으면 곧장 엎드려 줄이 쳐진 편지지 위에 글자를 적었다. 나는 엄마가 쓰는 글자가 엄마보다 더 깨끗하고 예쁜 것이 신기했다. 그렇게 나는 글을 적고 싶었다. 어느 밤에 글자를 적지 못해 집을 나가지 못하는 것일까, 내가 글자를 핑계로 두려움을 감추고 집을 나가지 않는 것일까 고민하다보면 늦게 잠이 들곤 했다. 그리고 그런 밤이면 강둑을 달리다 오줌이 마려운 걸 참지 못하고 강둑길 한적한 곳에 들어가 오줌을 누는 꿈을 꿨다. 그러면 여지없이 뜨뜻해지며 안심이 된 나는 어느 순간 무겁고 축축한 것이 나를 감싸는 느낌에 소스라치게 놀라고 절망했다. 나는 내 몸이 한탄스러웠다.

엄마는 내가 저녁에 물을 마시지 못하게 했다. 나도 스스로 물을 마시지 않았다. 맛있는 찌개가 있어도 뜨지 않았다. 나는 대체로 얌전하고 깨끗하고 말을 잘 듣는 아이이고 싶은 마음이 컸다. 그러나 나는 몸집이 크고 깨끗한 것 같지만 밤에 오줌을 누는 비밀을 가지고 있었고, 말을 잘 듣는 것 같지만 매일 혼이 나고 매를 맞는 아이였다. 그것이 비밀로 다뤄지고 있다는 것을 나는 알았다. 아무에게도 내가 맞는 것을 들키지 않아야 한다. 가끔 부모에게 혼이 나고 쫓겨나는 것은 가능하지만 매일 비명을 지르며 매 맞는 아이임이 들통나서는 안 되었다. 엄마는 나를 아침마다 수돗가에 세우고 씻겼다. 귓속까지 깨끗하게 씻겼다. 향수를 뿌려주며 선생님들이 가까이 오는데 안 좋은 냄새가 나면 어떡하냐고 말했다.

아홉 살의 나는 매일 죽을 수 있는 기회를 놓치는 게 안타까웠다. 바보같이 죽지도 못하면서 왜 이렇게 많은 생각을 하고 있지. 밤에는 상상을 하지 말고 어서 꿈으로 가도록 하자. 꿈은 대체로 좋으니까. 꿈에서 깨지 않을 방법을 찾을지도 몰라. 나는 희망을 놓지 않았다. 잠이 들 때 엄마가 기도를 하라고 하면 기도를 했다. 그 기도는 깊고 길었다. 하나님에게 나는 빌었다. 내가 사실 이 꿈속으로 잘못 들어온 것을 알고 있다고, 언젠가는 내 진짜 현실이 꿈으로 오게 될 것임을 안다고, 그 꿈이 내게 당도하는 날, 내가 거기 머물게 해달라고. 나는 양 떼 사이에 있던 양 한 마리일지 모른다. 나는 너른 풀밭의 바위일지 모른다. 얼마나 간절히 바위이길 원하는가. 나는 송사리, 만약 오래 살 수 있다면 바다거북일지 모른다. 대양의 깊은 곳에서 잠을 자다가 잘못된 꿈으로 들어온 것일지 모른다. 나는 꿈이 펼치는 가능성 중, 그 생각하지 못한 여러 장면들의 교차들 중 충분히 내가 들어갈 현실이 있을 것이라고 믿었다. 가령 범과 태가 수풀로 사라진 어느 날, 그들은 자신들이 온 곳으로 돌아갈 기회를 놓친 것일 수 있다. 그러니까 나를 비롯한 이곳의 모든 아이들이 일정 부분 고향을 벗어나, 그들의 고유한 현실을 벗어나 잘못 떨어진 운석처럼 여기 놓여 있다. 그 운석의 가장자리를 어느 날 길을 걷던 노인이 만진다. 우리는 그 운석의 돌가루 같은 것이다. 운석의 떼어져 나간 부분에서 하나의 결속으로 맺어졌던 우리는 벗겨지고 멀리 날아간다. 그리고 어느 날 한 장면으로 다시 모인 것이 지금이다.

우리가 몇 번째의 꿈으로 건너왔는지 모르지만 그것이 꿈의 겹겹을 건너온 것임을 부정할 수 없다. 나는 그것을 확신한다. 나는 무엇으로 그것을 확신할 수 있나. 그것은 눈, 깊은 눈, 모르겠는 눈, 눈빛. 너의 눈빛을 볼 때 나는 확신한다. 우리는 너무 먼 꿈에서 떠나와서 기억을 다 해내지 못하고 있다고. 너의 눈을 처음 보았을 때 너의 신체 모든 것들 중 너의 눈이 가장 분명하게 내게 말을 건넸을 때, 나는 두려워서 고개를 숙였다. 내가 만나버렸다는 사실을 믿을 수 없어서 고개를 숙였다. 너무 먼 곳을 돌아온 사람이 이렇게 내 앞에 있다는 것을 믿을 수 없었다. 내가 그렇게 많은 죽음을 경험하고 또 시도하고도 만나지 못했던 눈빛을 이제와 마주한다는 사실을, 그러나 그것을 아는지 모르는지 알 수 없는 표정으로 앉아 있는 한 사람을 나는 무엇으로 알 수 있나. 그것은 꿈, 나는 오로지 꿈으로 그것을 이해한다. 너의 눈빛 속엔 내가 알던 기가, 내가 말을 건네고 손을 잡고 싶던 태가, 그리고 수풀 속으로 성큼성큼 들어가 여름이 낳은 아이처럼 풀숲을 헤매는 범이, 내 머리칼을 가끔 만지작거리던 은이, 둥글게 모여 앉은 밥상에서 가장 느리게 밥을 떠 넣던 혜가 있는 것 같았다. 나는 너에게 그것을 말하지 않았다.

그것이 두려웠다. 내가 만나고 있는 한 사람이 과거 꿈의 장면에서 만났던 사람들이란 것이. 내가 지금 말을 건네야 하는 네가 그 사실을 아는 것인지 모르는 것인지 나를 마주하고 있을 때 나는 지금의 사람으로 너를 대해야 하는가, 꿈의 장면으로 너를 대해야 하는가.

그러나 기뻤다. 내가 그 모두를 만났다는 사실이 뛸 듯이 기뻤다. 그리고 그곳을 떠난 이후 단 한 번도 비슷한 무리를 만난 적도, 어떤 무리에 합류한 적도 없는 내가 그 모두를 알고 있는, 그 모두가 되는 것 같은 너를 만났다는 것을 오래 이해할 수 없었다. 어떻게 이런 일이 일어날 수 있지. 그리하여 너를 만난 이후 모든 길은 강둑이 되고 모든 나무는 버드나무가 되었다. 함께 걷는 걸음은 강둑을 달리는 속도가 되었다. 공터는 모험하듯 발을 들여놓는 목장이 되고, 너의 음성은 그 모든 색채를 안고 있는 오래전의 방이 되었다. 나를 잡아채거나 나를 쓰러트리지 않는 안전한 방. 기쁨이 차오르는 순간들을 말없이 나누던 방. 설렘과 기대로 서로를 맞아주던 어두운 방. 새 옷을 입고 뛰어오다가 방 앞에 오면 조용히 아무렇지 않은 척 숨죽이고 들어오던 방. 옷이 예쁘다는 말을 하지 않아도 그 옷으로 인해 서로의 표정이 환해지던 순간을 모두 품은 방. 내게 그런 방이 있었다. 몇 개의 죽음을 건너고 수많은 죽음의 가능성을 건너 나는 내가 무사히 이곳까지 온 것을 믿을 수 없다. 나는 죽지 않았는데 너무 많은 사람들이 이 꿈을 빠져나갔다. 이 꿈에 머물고 싶지 않지만 함께 있던 사람들이 꿈의 장면에서 사라지는 것 역시 원하지 않았다. 눈물을 눈물로 달랠 수 없는 날은 더 걸을 수 없을 만큼 걸었다. 더 걸을 수 없을 만큼 걸으면 밤이 왔다.

    나는 집을 나왔다. 내가 가질 수 없으리라 믿었던

힘이 생겨 집을 나온 것이 아니었다. 어느 날 집을 나온 후 들어가지 않았다. 집을 나오는 것은 어려운 일 같았는데 집에 들어가지 않는 것은 조금 어려웠지만 가능했다. 나는 처음엔 독서실에서 잠을 잤다. 독서실 책상 밑에 자는 아이들이 있었다. 그들은 대부분 열심히 공부하는 학생들이었다. 나는 열일곱 살이 되었다. 공부를 열심히 하는 학생들 틈에서 나도 공부를 하려고 독서실에서 잠을 자는 학생인 척했다.

내 안에는 언제든 말이 넘쳤다. 말을 하고 싶은데 웅성거리는 말을 소리가 되게 할 방법이 없었다. 말을 너무 하고 싶은데 말을 나눌 사람이 없었다. 내게 말을 거는 이들은 대부분 내가 대답할 수 없는 물음을 던졌고 내가 대답하기 전에 사라졌다. 그들은 내가 말이 없다고 판단했다. 그러나 나는 말이 없는 것이 아니라 대답을 찾다가 말할 순간을 놓친 것이었다.

마을을 떠난 지 십 년이 가깝도록 내 머릿속엔 오로지 마을이 가득했다. 내가 떠난 마을이 여전히 그대로일지 가보고 싶었다. 내가 떠난 후 전해 들은 죽음들이 정말 사실일지 그들이 사라지기 전 마지막으로 있었다는 자리를 찾아가 보고 싶었다. 어쩌면, 내가 그곳을 떠나지 않고 그들 곁에 머물렀다면, 나는 그들과 함께 사라졌을지 모른다. 나는 왜 떠나왔나.

어느 날 엄마가 학교에 따라왔다. 엄마는 선생님에게 오늘이 내가 마지막으로 학교에 오는 날이라고 알렸다. 엄마의 손을 잡고 친구들에게 인사를 하고 교실을 걸어 나왔다. 그 모든 것이 마치 스르르 고무줄이 풀려 내려가버린 옷처럼 허전하고 이상했다. 하지만 나는 웃었다. 나는 대체로 웃었다. 선생님이 웃으니 나도 따라 웃었다. 친구들이 울었다. 친구들이 울어서 나는 웃었다. 엄마는 웃었다. 엄마는 성숙한 사람이니까. 엄마는 잘 웃었다. 엄마는 몸을 안쪽으로 모으고 손도 다리 사이로 모으고 한복의 커다란 치맛자락도 모으고 웃었다. 엄마의 부푼 머리칼 위에 얹힌 꽃핀이 반짝였다. 그런 엄마의 모든 것이 낯설었다. 엄마는 언제부터 저런 사람이었을까. 엄마는 언제부터 예쁘게 꾸미는 사람이었을까. 엄마는 저런 예쁜 몸짓을 누구에게 언제 배운 것일까.

나는 앨범 속 사진에서 엄마의 모습을 본 적이 있다. 엄마는 친구들과 엉덩이가 겨우 가려질 만한 짧은 치마를 입고 서서 웃고 있었다. 그런 엄마가 예쁘다는 생각은 하지 않았는데 엄마는 자신감에 가득 찬 모습을 하고 있었다. 예쁘게 웃는 사람, 환하게 웃는 사람은 자신이 예쁘다고 생각하는 사람이다.

　나는 웃을 때 내 얼굴이 움직이는 것이 괴로웠다. 웃을 때 만들어지는 얼굴 위의 모양이 흉측하다고 생각했다. 환하게 웃는 것은 더 힘들었다. 환하게 웃기 위해 한껏 입꼬리를 올리면 아주 다른 사람이 되는데 그것은 내가 모르는 얼굴이었다. 내가 나 아닌 다른 사람을 내 얼굴에, 내가 모르는 틈에 가지고 있는 것이 놀라웠다. 내가 모르는 사람이 내 얼굴에 들어와 있다가 갑자기 모습을 드러내는 것이 충격이었다. 나는 웃지 않기로 했다. 웃으면 나는 이상해진다. 그런 생각을 한 이후로 나는 웃지 않았다. 그러나 갑자기 이상한 마법에 걸린 것처럼 나는 웃곤 했다. 웃음이 나올 때는 대체로 내가 아무것도 할 수 없을 때, 어떤 상황이 이해가 되지 않을 때였다. 그럴 때 웃고 있는 나를 발견하고 놀라곤 했다. 그리고 내가 어떻게 비춰질지 몰라서 불안했다. 하지만 한번 시작한 웃음을 멈추는 것은 더욱 곤란한 일이었다. 나는 계속 웃었다. 그 웃음이 남들 눈에 어떻게 보일지 걱정하면서도 멈추지 않고 웃었다. 아이들은 훌쩍거렸다. 아이들이 훌쩍거리니 그만 웃어야겠는데 웃음을 멈출 수 없으니 나는 내가 나쁘고 차가운 사람이 된 것 같았다. 하지만 방법이 없다.

웃어라 계속, 웃음은 나쁘지 않으니 이 상황에서 반은 좋은 게 될 거야.

다음 날 마당으로 트럭이 들어왔다. 두 대의 트럭 중 하나의 트럭엔 우리가 가지고 갈 짐이 실렸다. 나머지 트럭엔 우리가 가져가지 않고 외가로 보낼 짐이 실렸다. 우리가 가져가지 않는 짐 중에는 장롱이 있었다. 우리는 짐들을 보내고 웬일인지 한참을 더 집에서 지냈다. 짐들이 빠져나간 집은 온기를 잃은 싸늘하고 넓은 것이 되어 있었다. 무엇보다 나는 장롱이 우리와 함께 가지 않는다는 것을 믿을 수 없었다. 장롱은 우리 집 세간들 중 가장 큰 것이며 내가 가장 좋아하는 것이었다.

부모님과 동생들이 없을 때 나는 장롱에 들어갔다. 버스나 우주선에 올라타는 것처럼 신중하게 그곳에 한 발씩 들여놓았다. 그 서늘한 곳에 도착하면 나는 안전하고 아늑한 기분에 둘러싸여 모든 좋은 것을 생각할 수 있었다. 멀어진다는 느낌. 잠시라도 불안한 빛으로부터, 알 수 없는 표정들로부터 벗어나 깜깜한 구석으로, 완전한 어둠으로 갈 수 있다는 안도감. 내 얼굴을 스치는 옷자락들의 무표정한 촉감에 나를 둘 수 있다니 얼마나 귀한 순간들이었나.

자줏빛 나무로 만들어진 장롱의 표면은 울퉁불퉁한 조각으로 덮여 있었다. 나무 위에 조각된 모양들을 손가락으로 어루만지며 그 우둘투둘한 감촉을 느끼면 궁금함에 휩싸이곤 했다. 인간은 왜 이런 것을 하는가. 굳이 내버려두어도 될 자리에 왜 이렇게 알 수 없는 무늬를 넣어 깎는 것일까. 이것이 예쁘다고 생각한 걸까. 나는 그것이 특이하다고 생각했지만 예쁘다는 느낌은 받지 못했다. 그 둥근 암모나이트 형태의 반복과 그 암모나이트 형태를 둘러싼 잎사귀 모양과 그 잎사귀에서 다른 잎사귀로 이어지는 구부러진 줄기를 표현한 선들이 사방으로 이어지게 조각하는 것은 분명 쉬운 작업이 아닐 것이다. 세심한 손길이 수없이 지나갔을 커다란 판을 열고 닫을 때 나는 그런 수고가 들어가야만 이 서늘하고 깊은 어둠이 완성되는 것이라고 느꼈다. 나무판으로 가려서만은 만들어지지 않는다. 손길들의 반복이 어둠을 만들고 나는 그 어둠에 깃들 수 있는 우연의 생명체이다.

장롱은 여러 아이들을 담을 운명을 가지고 있다. 그것을 생산하는 사람들은 옷과 이불을 쌓아두는 그 물건이 가끔은 사람이 들어가는 장소가 되리라는 것을 염두에 두었을지도 모른다. 그리하여 그렇게 튼튼한 몸체가 완성되고, 드르륵 열리는 소리가 만들어지고, 옷을 길게 걸고도 남는 어둠의 공간이 생성된다. 나는 장롱 안에 현실과 꿈의 경계에서 몇 개의 장면을 차르르 뛰어넘어 다다를 수 있는 장소를 가지고 있었다. 엄마는 그것을 차에 실어서 외가로 보냈다. 외가에는 헛간이 있다. 소와 돼지가 살고 있는 헛간 곁에 장롱이 도착했다. 장롱을 농기구 보관함으로 사용하는 것이 아주 이상한 건 아니었지만 나는 그것이 분명 버려진 것에 가깝다고 생각했다. 버려진 가구가 되어 입을 열고 닫을 때마다 흉측하고 어울리지 않는 물건을 가득 담은 장롱이 눈물 날 만큼 가여웠다. 너는 그곳에 있어야 할 이유가 없는데 왜 거기 있는지. 나는 너를 구하고 싶은데 그럴 방법이 없다.

모든 맞지 않는 것을 대할 때 나는 심각한 무력감에 빠졌다. 내가 구하고 싶은 것은 죽어가는 참새, 바다에서 떠밀려 온 바다거북, 한때 아이들을 실어 나르다가 마을 어귀에 부서진 채 놓인 수레, 쓰레기가 모여 있는 공터에 버려진 혜가 쓰던 책가방, 어느 집에서 내놓은 것인지 알 수 없는 텔레비전. 산처럼 쌓여 있는 동네 공터의 쓰레기 더미를 보노라면 중요하지 않은 것이 하나도 없어 보여서, 내게 커다란 창고가 있다면 저것들

하나하나를 모두 닮아서 옮기고 싶다는 마음이 들곤 했다.

그렇게 나의 장롱은 헛간에서 낡은 물건이 되어갔다. 그리고 어느 날 외가의 공터에서 활활 불에 타올랐다. 불이 타는 곳에 사람들이 저마다 쓸모 없는 물건을 던지기 시작했다. 나는 발을 땅에 붙이고 서야 했다. 얼마나 뜨거울지 실험해보고 싶었다. 나도 저곳에 뛰어들면 곧장 저 집채만 한 불길에 하나가 되어 타오를까. 그건 큰 고통일까. 그 고통은 오래 갈까. 아무도 나를 구하지 않는다면 나는 장롱과 함께 타오를 수 있을 것이다. 세워진 채 타오르던 장롱의 한쪽 어깨가 쩌억 무너지더니 그 커다란 것이 풀썩 주저앉았다. 주저앉는 모든 것은 커다란 슬픔이다. 그것이 설령 나쁜 것이라 해도 주저앉는 순간은 슬픔이다. 삐거덕 경사를 이루며 서 있던 장롱의 왼쪽 미닫이문이 느리게 타고 있었다.

그 장롱 안, 어둠 속에 잠겨 있던 나, 동생들이 못 찾게 안에 숨어버린 나, 내가 만지던 어둠, 마시던 어둠, 허공을 손으로 부드럽게 잡아 비벼보던 어둠. 모든 것이 타오르고 있었다. 내가 뛰어들어 함께 타올라야 하는데 그럴 수 없는 것이, 그런 용기를 내지 못하는 것이, 그저 타오르는 마지막 순간만을 지켜보는 것이 장롱에게 저지르는 큰 잘못 같았다. 이윽고 장롱의 미닫이 문틀이 받치고 있던 왼쪽 어깨마저 무너지고 장롱은 그야말로 소리도 없이 아스라하게 불길 속으로 가라앉았다.

사람은 모두 죽는다. 나는 그것을 보며 문득 중얼거렸다. 이미 알고 있었지만 새로 알게 된 사실처럼, 죽는다는 것, 마지막이 있다는 것, 눈앞에서 보이던 것이 사라진다는 것을 새로 안 것처럼 중얼거렸다. 그렇게 장롱의 최후는 많은 사람이 지켜보는 가운데 이뤄졌다. 죽음은 모두에게 알려질수록 좋은 것인가. 장롱은 마치 장례식을 치르는 것처럼 그 타는 모양을 흥미롭게 지켜보는 마을 사람들에게 둘러싸여 사라졌다. 그 장롱은 조용히 사라질 수 있는 운명을 가지고 태어난 것은 아니었던 것 같다. 그 크기와 용도로 인해 장롱은 쓰레기통에 조용히 집어넣어지는 것으로 끝나지 않는 그만의 '끝'을 가지고 있었던 것이다.

내가 만약 너를 만나 강둑에 대해 먼저 말했다면 너는 그렇게 사라지지 않았을까. 내가 너를 닮은 태와 범에 대해 말했다면 너는 그렇게 쉽게 사라지지 않았을까. 어쩌면 나는 우리 사이에 필요했을 연료를 충분히 공급하지 않았던 걸까. 내가 알고 있는, 아니 내가 보았던 우리의 많은 공통된 요소들이, 내 편에서 감지하는 우리의 많은 공통된 순간들이 사실 이렇게 분명하게 있다는 것을 너에게 드러냈다면 너는 나를 못 알아보지 않았을 것이다. 너는 나를 알아보지 못했다. 너는 나를 반가워했지만 그것은 내가 알 수 없는 종류의 반가움이었다. 내가 너를 만났을 때의 그 두려움에 가까운 감정을 너는 일부만 알고 있었다. 너는 내가 두려워하는 많은 것에 대해 언급했다. 그것이 그토록 두려운 것은 아니며 내가 용기 있는 사람일 것이라고 말했다. 그러나 너는 내가 여전히 바위가 되고 싶다는 것을, 내가 여전히 목소리로만 존재하고 싶은 사람인 것을, 내가 보이지 않는 흔적이 되고 싶은 것을, 여전히 꿈에서 다른 꿈으로 진입하기를 원하는 사람이란 것을 알지 못했다.

너의 다친 손등이 떠오르는 날이면 나비를 떠올렸다. 너의 손등 위에 앉는 나비를 보았던 것 같다. 그 나비는 네가 손등에 상처를 입고 온 날, 눈으로 떠올리듯 상처 위에 앉도록 그려본 것이었다. 이후로 너의 손등에는 나비가 산다. 너를 오래 보지 못하고서 다시 보았을 때 여전히 너의 손등에 나비가 있는 것을 보았다.

흰빛과 노란빛 사이, 나비는 가벼이 떠돌다가 너의 손등 아픈 자리에 내려앉는다. 내가 그것을 보는 동안 너는 나비처럼 웃는다. 그 웃음이 아파서 나는 눈물이 날 것 같지만 나도 웃는다. 나는 웃는 것을 어느 날 배웠다. 내가 웃는 것을 네가 좋아한다는 걸 알게 된 후 나는 웃음을 연습했다. 네 옆의 허공에, 내가 보지 않는 곳에 나비가 날고 있다는 것을 네가 아직 모르고 있을 때 나는 어쩌면 우리가 다른 꿈으로 들어오는 것에 성공했을지 모른다고 생각했다.

큰형은 집을 나갔다. 큰형이 집을 나간 이후 기는 우리를 집으로 부르지 않았다. 나는 끝내 그가 왜 자신의 집 문을 잠갔는지 이해할 수 없었다. 우리가 강둑을 달려 다시 기의 집으로 간 날 기는 조금 어른이 되어 있었다. 그의 턱에 생긴 거뭇거뭇한 느낌이 나를 뒷걸음질 치게 했다. 기의 반짝이는, 빛나는 깨는 여전히 그에게 있었지만 그의 턱에 자라기 시작한 작고 검은 털들의 흔적은 기가 가지고 있는 찰나의 빛과 어울리지 않았다. 기는 어쩐지 큰형과 닮아 보였다. 기의 큰형이 보여준 얇고 기다란 눈꼬리처럼 그의 눈도 유독 가로로 길어지면서 어딘지 깊은 그늘을 얻은 것 같아 보였다. 나는 그의 얼굴을 이제 바로 볼 수 없다는 것이 슬펐다. 아이들이 다시 방으로 들어갔다.

방에는 태가 없었다. 태가 자주 앉아서 자신의 상처를 뜯던 허름한 옷장 역시 치워지고 없었다. 아이들이 오지 않는 동안 기의 집의 세간들은 위치가 바뀌어 있었다. 검은 고양이가 보이지 않았다. 나처럼 아이들은 이불 위에 앉아 있던 검은 고양이를 눈으로 찾아보았다. 검은 고양이는 사라진 것이 아니었다. 건넌방으로 넘어간 아이들이 조용히 다시 밖으로 나왔다. 검은 고양이는 새끼를 거느리고 있었다. 검은 고양이가 새끼를 여럿 거느린 어미 고양이가 될 수 있다는 것 역시 우리는 몰랐다. 그 꼬물거리는 생명들의 움직임이 이 비어버린 집 안에서 이상한 풍요와 조화를 느끼게 했다.

우리는 이 집을 드나드는 동안 집주인인 것마냥 집의 모든 것을 누리긴 했지만 실상 이 집에 대해 아는 것이 그다지 많지 않았다. 검은 고양이가 어미가 될 수 있다는 것. 곧 큰형이 집을 떠날 계획을 가지고 있었다는 것. 기가 훌쩍 자라 우리와 다른 몸을 가지게 되리라는 것.

기는 우리에게 밥을 해주었다. 우리는 천으로 눈을 가리고 기와 장님놀이를 하고 싶어했지만 기는 그런 것은 염두에 두지 않은 것처럼 일사불란하게 쌀을 씻고 석유 곤로에 불을 붙였다. 기의 집에는 전기밥솥이 있는데 그 안의 밥은 부모님과 누나가 먹을 것이라고 했다. 누나는 강 건너 학원에 갔다고 했다. 누나가 다니는 학원은 몇 개의 시험을 합격하고 나면 쉽게 취직을 하게 해주는 곳이라고 했다. 기는 뜨거운 밥을 한가득 떠서 밖으로 가지고 나가더니 김을 날리며 밥을 가볍게 저어 식히고 있었다. 그는 간장밥을 하려면 밥이 조금 굳어야 한다고 했다. 굳은 밥을 만들기 위해 마당의 공기에 밥을 식힐 줄 아는 기.

나는 기가 밥을 하는 순간에도 그가 내 눈을 헝겊으로 덮던 순간의 느낌을 몇 번이고 떠올렸다. 그 어지러움을 다시 맛볼 수 없을까. 놀이는 몇 번이고 친구들과 할 수 있지만 기가 우리 눈을 가리고 헝겊을 묶을 때 느끼던 그 단단한 안도감은 다시 경험할 수 없는 것일까. 기가 밥을 가지고 와서 동글게 파인 커다란 프라이팬에 마가린을 숟가락으로 크게 덜어 넣더니 밥을 넣고 간장을 뿌리고 가볍게 섞기 시작했다. 우리는 잊고 있던 진미를 맛보는 것처럼 밥을 하는 기를 에워싸고 침을 삼켰다. 그러고보니 우리는 기가 우리를 위해 밥을 하는 것을 지켜본 적이 없었다. 보통 우리가 한창 놀이에 빠져 땀이 배어날 정도로 흥분하고 킬킬거리고 뒤엉켜서 발을 잡거나 발을 차거나 무엇을 뺏고 뒤집는 놀이를 할 때 기는 조용히 부엌으로 나가서 밥을 완성해 왔다.

그때의 기는 마치 울창하고 빽빽한 나무 사이로 들어갔다 나갔다를 반복하는 갈색 동물을 떠올리게 했다. 능숙하고 능란한 움직임 때문인지 기의 어떤 모습은 정말 동물을 떠올리게 했다. 그의 몸은 늑대와 개를 합쳐놓은 분위기를 가지고 있었고, 눈은 여우와 사슴을 합쳐놓은 것만 같았다. 그의 모습이 지금도 스케치를 하듯 뇌리에 스친다. 그의 옆모습은 날렵한 선을 가졌고 그의 머리칼은 새들이 부리로 정돈한 깃털처럼 강하고 가벼우며 분명해 보인다. 그의 콧날은 날짐승의 발톱처럼 단단하고 정확하다. 그의 모든 것이 그토록 정교해 보이는 이유를 알 수 없다. 우리의 몸이 무언가를 뭉쳐놓은 것처럼 하나의 덩어리로 보인다면, 기의 신체는 그 모든 특징들이 부분마다 정확하게 드러났다. 세밀화에 색을 넣은 것처럼, 붓질마다 다른 색이 섬세하고 정밀하게 스며있는 것처럼 그의 모습은 그렇게 자세한 것이었다. 나는 그것에 대해 아주 자주 그리고 오래 생각해보았다. 그리고 언젠가 많은 시간이 흐른 후 나도 모르게 소리 내어 말했다. 그는 우리 중, 어른들을 포함한 당시의 사람들 중 가장 완성된 사람이었다. 그것을 부정할 수 없다.

    나는 우리의 신체가 우리 자신이 정확해질수록 더 자세한 외형을 얻어간다고 생각한다. 우리 자신의 무엇이 정확해진다고 말할 수 없지만 생각은 눈의 빛을 만들고, 여유는 손길의 부드러움을 만들고, 어떤 마음은 입술을 또렷하게 만들 것이라고. 마음에 일어나는 순간순간의 변화는 몸과 뗄 수 없이 연관되어 드러난다. 그런 면에서 보자면 나는 정말 어른을 본 적이 없는 것 같다. 그들은 화석이나 박제에 가까웠다. 아니면 그들은 망가진 곳을 가지고 있었다. 망가진 곳이 잘 드러나지 않는 것은 그들 스스로가 자신을 잘 드러낼 수 있는 부드러움 속에 서지 않기 때문이다. 그들은 줄곧 딱딱한 자세만을 취하면 되기 때문에 그들의 몸이 그토록 부자연스럽다는 것을 자주 들키지 않는다. 그들은 자신을 숨길 기회가 너무 많기 때문에 정말 자신의 부드러움과 유연함과 다정함을 잊어버린 지 오래됐다. 물론 다 그렇다는 것은 아니다. 그러나 대부분의 어른들이 그러하다. 그들은 눈물을 자주 흘리지 않는다. 눈물을 흘리는 것은 대부분 여자들의 몫이다. 그러나 여자들 역시 자꾸 우는 것은 부끄러운 일이라고 생각한다. 내가 보기엔 울 줄 아는 것은 대단한 능력이다. 나는 눈물을 마음과 연결 짓지 않고도 대단하다 생각할 수 있다. 우리 안에서 어떤 맑은 것이 어느 순간 눈을 통해 하나의 결과물처럼 밖으로 흘러나온다니 얼마나 멋진 일인가.

너는 내 눈물을 본 적이 있던가. 나는 네 앞에서 울어본 일이 많은가. 너는 내 눈물을 본 적이 없을지도 모른다. 나는 자주 울지 않았다. 나는 내가 자주 우는 아이란 것을 모두에게 들킬지 모른다고 생각했다. 그러나 내가 울지 않은 것은 눈물이 없어서가 아니었다. 나는 집에서 가능한 모든 눈물을 흘려버렸다. 오로지 눈물만 두고 이야기하자면, 나는 눈물을 흘리는 데 탈진 상태가 되어 있었다. 밖으로 내보내진 하루는 울 생각이 들지 않는 하루였다. 생경한 형태와 색들이 펼쳐지는 것이 놀라웠다. 자연의 변화, 강둑의 조화와 강물의 흐름, 쏟아져 내리는 비를 맞고 있는 버들강아지, 버드나무의 기다란 줄기들, 젖고 있는 돌과 돌, 그 사이로 내 눈은 쉼 없이 모험을 강행하는 것 같았다. 바깥세상은 눈을 뗄 수 없을 정도로 신비로웠다. 왜 그토록 모든 것이 빛이 나고 젖어 있었을까. 신비에 가까운 순간들. 나는 눈을 뜨지 않고 있다가 밖에 나온 것이나 마찬가지였다. 집 안에서 혼이 날 때면 나는 아무것도 보지 않았다. 내 눈이 보이냐 안 보이냐의 문제가 아니었다. 내 정신은 아무것도 볼 수 없는 상태였다. 내게 다가오는 사람의 형체는 모두 무서웠고 문틈 사이로 보이는 바깥의 기미는 낯선 것이었다.

더 명확하게는 나는 어둠만을 확실히 볼 수 있었다. 조금 더 깊은 어둠, 더 진한 어둠, 어둠의 다른 겹들이 오가고 흐르는 내 안에는 아무것도 자라지 않을 것 같은데 나는 분명히 자라고 있는 것일까. 시간이 과연 멈추지 않고 나를 다른 곳으로 이동시켜줄 수 있을까.

기가 밥을 먹고 마지막으로 놀이를 하자고 했다. 그는 우리에게 이제 다시 집에서 놀 수 없단 말을 하는 대신 마지막 놀이라는 말로 그 모든 상황을 전달했다. 나는 눈물이 날 것 같았다. 기가 밥을 푸던 그 순간부터 나는 뛰어가서 기를 안고 싶었다. 기에게 기대어 기를 위로하고 싶었다. 그가 위로를 필요로 하는지 알 수 없지만 그래도 될 것만 같았다. 사실 기는 그런 것을 이상하게 받아들일 사람이 아니니까. 기의 변해가는 뺨과 턱의 빛깔도 이제 더 이상 무섭지 않았다. 우리가 먹을 밥을 하고 있는 기는 우리에게 늘 다정하고 정확하던 기가 맞다. 그 사실이 바뀌지 않는데 왜 우리는 마지막을 준비할까. 아무것도 변하지 않는데 우리가 말하지 않고 향하는 최종은 이렇게 원하지 않는 것이 되어야 하는 것일까.

그날의 놀이는 여느 때와 같이 시작되었지만 나는 술래가 되지 않았다. 나는 이전의 태의 자리에 앉아 놀이를 지켜보았다. 그리고 이제 이 방을 나갈 시간이 다가왔다는 것을 오래 실감하는 것으로 작별을 대신했다. 공기가 달라진 듯 이전보다 가라앉은 분위기에서 시작된 놀이는 오래 가지 않았다. 아이들은 조금씩 지쳐 있었다. 옛것을 찾아다가 불씨를 살려보려 노력하지만 그것은 쉬이 되살아나지 않았다. 은이 나에게 왜 함께하지 않느냐는 눈빛을 보냈다. 기는 여느 때와 다름없이 자신의 역할을 다하고 있었다. 날은 밝고 시간은 더디 가는 것 같았다. 우리는 조금씩 기운을 다해가는 마지막 태양의 모습을 본받고 있었다. 자라나고 있던 이 방의 공기는 멈춰진 채 더는 무엇도 진행하지 않는 것 같았다.

나는 큰형의 방으로 건너갔다. 거기엔 여전히 전투기 사진이 붙어 있고 그날의 벽지도 그대로였다. 그러나 여름의 더운 공기가 가득한데도 어쩐지 서늘한 방의 온도가 모든 것이 달라졌음을 알려주는 것 같았다. 비어 있는 옷장엔 몇 개의 겨울옷이 걸려 있었다. 거울 앞에 섰다. 나는 내 얼굴을 조금 찡그렸다가 웃어보았다. 이 모든 변화가 생기지 않았을 변화인데 내가 이 방에서 큰형과 함께 있었던 그날 이후로 생겨버린 것이 아닐까 생각하고 또 생각했다. 놀이가 끝이 나고 태가 사라지고 큰형이 집을 나간 것이, 기의 누나가 다리 건너 다른 마을의 학원에 가야 하는 것이 생기지 않았어야 할 변화가 아닐까.

나는 무슨 용기로 기의 집에 다시 온 것일까. 강둑을 달릴 때의 기분은 여전한데 모든 것이 바뀌어 지금을 받아들일 용기는 없었다. 기가 놀이를 마치자 아이들은 신발을 신었다. 우리의 놀이는 조금 심심하게 마지막을 맞이했다. 기가 태의 동생이 어디 있는지 아느냐고 물었다. 우리는 모두 고개를 저었다. 나는 문득 기의 부모님이 오시기 전 이곳을 나가고 싶다는 생각을 했다. 잊고 있던 감정들이 되살아나고 수치심 같은 것이 나를 뒤덮었다. 기를 다시는 볼 수 없을 것이란 생각이 들었다.

5.

나는 다시 기를 볼 수 없었다. 그때 나는 우리가 함께한 시간이 얼마나 길었었는지 알 수 없었다. 매일매일이 가늠할 수 없는 속도로 이어져 다시 달리고 다시 붙으며 지속되어서 셈할 수 없는 단위로 연결되어 있었다. 떼어지지 않는 검은색 유려한 흐름, 밀도를 가늠할 수 없어 손을 집어넣으면 그 흐름을 쉽사리 거스를 수 없는 연속이었다. 내가 거기서 빠져나온 후 나는 시간이 이곳과 저곳을 얼마나 다르게 가름하는지 조금은 알 것도 같았다. 그러니까 시간은 늘 다르게 흐른다.

시간은 한 개가 아니고 세 개, 네 개의 다른 흐름이 동시에 한 곳에서 이어지고 있다. 하늘과 강둑 사이의 흐름이 있고, 더 먼 곳 하늘 너머 어딘가에 흐름이 있고, 별들이 가지고 있는, 멀리서 보면 멈춰진 것처럼 거대하고 느리게 보이는 속도가 있다. 그것은 느린 것 같지만 어쩌면 너무 빨라서 가늠할 수 없는, 금세 다시 출발선으로 돌아와 마치 움직이지 않는 것처럼 착시를 일으키는 시간일 수 있다. 그런 시간들의 뒤섞임 속에서 나는 내가 만든 시간을 지니고 있다. 나는 느리게 혹은 빠르게 내 안의 시간을 조율한다. 다른 곳에서의 시간의 흐름을 떠올리면 나는 먼 곳의 아이, 금세 눈물이 흐를 것처럼 맺혀 있는 방울의 아이가 된다. 맺힌 방울마다 그러나 태가, 태처럼 말을 쉽사리 꺼내지 못하는 내가, 태를 닮은 것 같아 고개를 갸우뚱대며 바라보게 되던 네가 있다. 다른 방울엔 태의 동생의 가늘고 흰 턱이, 턱 끝에 묻어나는 명료한 똑똑함이 있다. 한 방울엔 목장 주인집 할아버지의 시선이 묻어 있다. 방울마다 그렇게 들어앉은 다른 시공간의 흔적들이 우리를 흩어지게 한 시간 속에서도 서로를 붙들고 있는 듯하다.

마을에서 이사를 나오던 날, 나는 남은 짐과 우리를 실은 트럭이 아주 멀리 갈 줄 알았다. 그러나 멀지 않은 외가에 도착해 일단 그곳에서 하룻밤을 잔다고 했다. 우리가 이사 가는 섬은 너무 멀어서 하루 만에 이를 수 없고 일단 항구에 도착하면 그 항구에서 하룻밤을 자게 될 것이라고 했다. 우리가 하룻밤을 머문다는 여관에 대해서 나는 아는 바가 없었다. 우리는 여행을 떠나는 중이었지만 내 마음은 여전히 강둑을 배회하고 있었다. 지금쯤 친구들은 학교를 파하고 버스를 기다리리라. 그중 몇몇은 차비로 군것질을 하고 삼삼오오 모여 걸어서 귀가하는 먼 길을 택할 것이다. 그렇게 먼 길을 걸으면 사실 더 신나는 일들이 많았다. 들판을 뛸 때 책가방 속의 사물들이 덜컹덜컹 소리를 내면 같이 뛰는 기분이었다. 지평선이 보이는 자리에서부터 가늘고 짙은 선이 생겨나기 시작하면 늦지 않도록 집을 향해 뛰어야 했다. 아스라한 풍경들이 시간을 가늠하게 한다. 시간의 발자국은 보이지 않게 이곳으로 당도한다.

다음 날 외할아버지가 나를 깨울 때 나는 머나먼 곳에서 나를 흔드는 어떤 어둠이 있다는 것을 알게 되었다. 내 몸 밖에서 누군가가 나를 깨울 때 나는 어두운 연기를 한껏 들이마신 사람처럼 그 연기 안에 있다. 그리고 외부에서 누군가가 나를 흔들면 그 연기가 액체처럼 내 안에서 일렁이며 나를 깨운다. 연기였다가 이내 물의 흐름을 가진다. 그 물 안에서 나는 모든 느린 것을 연구한다. 모든 것이 느리다. 모든 것이 흐르고 있으며 모든 것이 유연하다. 아픔도 느리다.

아픔의 진행은 세세하고 느려서 그 고통을 들여다보면 그것은 흐릿하고 또렷한 차이들, 속도의 불분명한 차이들, 부딪힘, 부딪힘 안에서 생겨나는 파랑, 보라, 짙은 갈색, 길쭉하고 세세한 것, 뭉툭하고 잘려나간 것 등등의 결합이 있음을 알 수 있다. 아픔 안에는 신맛, 짜디짠 맛, 그리고 씁쓸한 맛 등이 색깔로 구분되어 뭉쳐져 있다. 그것을 하나의 통증으로 인식할 수 있지만 속도를 늦추고 그 속을 들여다보면 그것이 다양한 색채의 향연처럼 복잡한 구성을 가지고 합의하에 뭉쳐져 있음을 알 수 있다. 어울리지 않는 맛과 향기가 있는 것처럼 고통을 이루는 데 실패 확률이 높은 색깔은 배제된다. 그렇게 제외된 것들은 고통의 밖을 떠돌다가 고통의 시간이 다해갈 때쯤 다가와 향긋하고 가벼운 것, 은은하고 풀어주는 것, 어루만지다가 사라질 것처럼 자취가 연한 것으로 바뀌며 사라져가는 고통의 흐름을 뒤이어서 들여온다. 그렇게 바뀌는 변화의 과정들을 느낄 수 있다.

할아버지가 나를 흔들어 깨울 때 나는 묘한 안도감 속에서 강둑을 오래 그리워하리란 걸 예감했다. 내가 그곳으로 다시 돌아가는 것은 아주 어려운 일이 될 것이다. 그러니 작별은 이렇게 함께할 수 있을 가능성을 두고서 멀리 있는 것이며, 함께였던 자리를 되새기는 일이란 걸 알 것 같았다.

할아버지가 "이제 그만 일어나라. 나랑 돼지 밥 주러 가자." 하며 나를 부르자 나는 일어나 조금 흔들거리는 몸으로 한참을 앉아 있었다. 그의 얼굴의 온도가 너무 높아서 나는 아득하게 먼 곳을 보듯 그를 바라보았다. 그의 눈빛이, 그의 거친 얼굴의 감촉이 벌써 다 느껴지는 것 같았다. 나는 그것이 반가워서 환하게 웃었다. 돼지 밥을 주러 가며 나는 굳은 잿더미를 바라보았다. 마치 오랜 시간의 잔재처럼 보이는 잿더미로 내가 다가가자 할아버지가 옷이 더러워진다며 나를 끌었다. 엄마는 나를 멀리 데려갈 채비를 이미 마쳤고 나는 가벼운 꽃무늬 원피스를 입고 있었다.

할아버지네 돼지들의 숫자가 달라졌다. 큰 돼지 한 마리가 사라지고 작은 돼지들이 여러 마리가 되어 있었다. 할아버지는 그것에 대해 다른 설명을 하지 않았다. 할아버지는 곧 여름방학이니 방학이 되면 외가에 와서 지내라고 했다. 나는 시간 개념이 정확하지 않았기에 대체 몇 밤이 지나야 다시 외가에 올 수 있다는 것인지 알 수 없었지만 그렇게 하겠다고 대답했다. 할아버지는 찌그러진 냄비를 들고 돼지우리로 가서 에비, 에비 하며 밥을 던져주었다. 그 에비, 에비 소리가 나를 놀리느라 하는 말인지 돼지들에게 장난을 거는 것인지 알 수 없었다. 할아버지는 나를 데리고 헛간 뒷문으로 나가서 논두렁을 이어 걸었다. 잠시 멈춰 선 하늘에 희미한 달이 떠 있었다.

나는 아침에 보이는 달의 존재를 늘 반가워했다. 그것은 마치 달의 실수인 것처럼 여겨졌기 때문이다. 뒤늦은 사람이나 무엇을 깜박한 사람처럼. 그 흔적은 절대 바뀌거나 실수로 남겨지지 않을 정밀한 질서 사이에서 순수하게 무엇에 열중하다 놓쳐버린 달의 결과처럼 보였다. 나는 그것을 한참 바라보았다. 할아버지가 주머니에서 종이를 꺼내어 내게 주었다. 나는 할아버지가 내게 편지를 쓴 걸까 생각했다. 만 원짜리 지폐 다섯 장이었다. 엄마한테 주지 말고 네가 다 가져라. 친구들이 과자 사 먹을 때 구경만 하지 말고 너도 사 먹어야 된다. 할아버지는 내가 이사 가는 곳에 과자를 사 먹을 만한 가게가 없다는 것을 당시에는 모르고 있었다. 나는 그 돈을 아주 소중하게 쥐었다. 엄마에게 말하지 않아도 되는 정당한 비밀을 얻은 것이, 엄마보다 더 어른인 할아버지가 내게 그것을 허락한 것이 뿌듯했다. 동생들은 엄마 곁에서 밥을 먹고 차를 탈 채비를 하고 있었다. 그렇게 모든 준비가 끝나고 우리는 다시 트럭에 올라타고 시외버스가 출발하는 정류장으로 향했다.

내가 있던 곳에서 멀어질수록 어쩐지 내가 없는 마을의 움직임이, 마을의 살아 있음이 둔해지는 것 같았다. 마치 문 닫을 시간에 가게 불이 꺼지는 것처럼, 태엽을 감아둔 장난감이 움직임을 서서히 멈추는 것처럼, 마을이 지상에 남아 있는 시간도 다하는 것이 아닐까. 우리가 사라진 곳에서 우리 없는 시간에 우리가 머물던 장소의 움직임은 어떻게 유지되는 것일까. 그것이 궁금하고 믿을 수 없어서 나는 내가 두 개가 되었으면 좋겠다고 생각했다. 내가 두 개가 되면, 아니 내가 세 개, 네 개가 되면 강둑과 기의 집을 그리고 내가 살던 비어 있는 방을 그리고 목장집의 이 층을 모두 들여다볼 수 있을 것 같았다. 그런 일이 일어날 수 있고 가능할 것만 같은데 일어나지 않은 것은 그것이 불가능해서가 아니라 내가 아직 방법을 찾지 못했기 때문이며, 자신의 정체를 드러내지 않는 누군가는, 예를 들어 외할아버지와 같은 사람은 그렇게 동시에 여러 곳에 존재하는 것이 가능할지도 모른다는 생각을 했다. 그리고 언젠가는 나도 그 방법을 찾게 되리라.

내가 꿈에서 깨어나지 않는 노력을 하다가 꿈에서 깨지 않는 것에 성공하게 되면 내가 두 개가 되고 세 개가 되는 방법 또한 찾을 수 있지 않을까.

나는 여기에 있다. 나는 여기에 있는 나를 조용히 빠져나간다. 극한의 어둠 속에서 드러나지 않는 움직임으로 나는 조용히 최대한 내가 나를 알아차리지 못하게 빠져나간다. 그렇게 빠져나간 나는 태의 집 앞에 도착한다. 일단 빠져나와서 멀리 나아가는 것에 성공하면 조금은 안심해도 된다. 이곳의 나는 사라지지 않으며 태의 집 앞의 나는 자유롭다. 한번 성공하고 나면 다음은 그다지 어렵지 않다. 나는 그것을 느낌으로 안다. 태의 집 앞에서 나는 아무렇지 않은 내가 얻은 '고요한 기술'을 다시 사용한다. 나를 빠져나가는 것이 이제 조금 재밌어지려고 한다. 나는 스르르 나를 두고 빠져나온다. 나는 눈치채지 못하게 한 눈을 조용히 감는 것 같은 아무렇지 않은 느낌으로 나를 빠져나온다. 그리고 혜의 집으로 향한다. 혜를 불러서 우리는 기의 집으로 갈 것이다. 혜의 집에는 거위들이 산다. 거위들은 나를 보고도 꽉꽉 울지 않는다. 거위들은 세 번째 나를 볼 수가 없다. 다만 나를 아는 사람들은 나를 알아본다. 혜는 세 번째의 나를 알아볼 수 있다. 세 번째의 내가 움직이는 사이 첫 번째와 두 번째 나는 나로부터 자유를 얻는다. 그들은 새로운 게임으로 들어가듯 활기를 얻고 그들 자신의 역할에 충실하다. 나는 혜를 기다린다. 어쩐지 이 기다림은 영원히 계속될 것 같다. 어쩌다 이 기다림이 영원히 지속되리라는 느낌을 갖게 되었는지 모르지만 나는 나로 돌아갈 수 없다. 나는 이제 나의 끝에 다다랐다. 나는 더 벗어날 내가 없다. 그렇다면 첫 번째 나와 두 번째 나는 영영 만날 수 없는 것인가. 아니다, 그들은 그곳에서 무사하다. 다만 그들은 서로 단절되었다. 혜를 기다리는 내가 여기서 멈춰버린 것이다. 나는 두 번의 생을 거듭하듯이 있던 곳에서 헤어져 나와 돌아올 수 없는 길로 들어선 것이다. 혜는 그 모든 것을 이해하고 나를 만날 것이다.

그런 연속의 길을 벗어났다가 들어서길 반복하며 내가 너에게 당도했다는 것을 너는 모를 것이다. 너는 기인가, 어느 날 나는 너에게 물었다. 너는 그렇다고 했다. 너의 눈이 너무 짙은 예전의 흔적을 지니고 있었다. 들에 서서 자라나는 식물들의 길고 긴 시간인가 물었다. 그 시간이 지속되는 동안 죽었다가 일어난 풀들과 영원히 잠들고 싶었지만 번번이 깨어난 사람들의 이야기를 아느냐고 물었다. 너는 너의 손등을 가리켰다. 거기에 앉았다가 방금 날아오른 나비의 잔영이 있었다. 나는 언젠가 너의 손등을 한번 깨물어본 것 같았다. 어느 겨울 네 손등이 그렇게 벗겨지고 피가 난 것은 다른 이유가 아니라 번번이 나를 벗어나는 것에 실패하던 내가 어느 날 무심결에 그것을 이뤄내고 바람에 나를 감춘 채 너를 지나치다 너를 만난 반가움에 너의 손등을 그냥 지나치지 않고 깨물었기 때문이다. 그것을 역시 기억하느냐고 묻자 너는 웃었다. 너는 웃을 줄 아는 사람. 그 웃음이 슬픔을 덮는 것임을 알 것 같았지만 나는 알지 못한 사람처럼 따라 웃었다. 그렇게 한번 시작된 웃음이 다시는 어둠을 길어 올리는 두레박이 되지 않았으면 했다. 너의 미소는 깊지만 차고 어두운 지경에 이르지 않는다. 나는 알고 있다. 웃음이 쉬이 바뀌지 않으리란 것을.

    나는 이사를 가서도 매일 강둑을 생각하고 잊지 않았다. 나는 오래오래 작별하는 사람처럼 시간을 보냈다. 시시때때로 강둑에서 바라보는 사방의 들판과 과수원과 향유고래를 떠올리게 하는 기다란 하늘의 구름과 푸르스름한 기운의 어우러짐을 떠올렸다.

내가 살고 있는 섬의 가장 너른 들판에는 나무 아래에 황소가 매여 있었다. 그곳에는 유독 고단한 아이들이 있었다. 그곳의 아이들은 놀 수 있는 시간이 없었다. 학교가 끝나면 뒤돌아볼 새도 없이 달려서 집에 도착해야 했다. 장작을 패고 동물을 거두고 밥을 안치고 바다로 나가 김이 만들어지고 있는 양식장을 배를 타고 돌아봐야 했다. 멸치를 삶는 장막에 가서 불을 보아야 했다. 아이들은 보리밭으로, 고구마 밭으로, 산으로 쉼 없이 내달려야 했다. 아이들의 볼은 발갛게 트고 손등은 갈라져 있었다. 일하지 않는 아이들이 없었다. 일하는 아이들 사이에서 나는 무료한 아이가 되어 있었다. 나는 강둑과 작별하느라 아직 그곳을 떠나오지 않은 아이가 되어 있었다. 그리고 겨울이 다 가기 전 큰형이 죽었다는 소식을 들었다.

그 소식을 전한 것은 그의 아버지였다. 어느 아침 그의 아버지에게서 걸려 온 전화를 받은 건 나였다. 그의 아버지는 침통한 목소리로 전화를 걸어 왔다. 시외에서 걸려 오는 전화를 받기 전 집 안에 한 대뿐인 전화기를 향할 때 나는 알고 있었다. 이것이 나에게 중요한 전화가 되리라는 것을. 기의 아버지는 내게 안부를 묻고 내 아버지를 바꿔줄 수 있느냐고 물었다. 내가 아버지를 부르는 사이 그가 가라앉은 목소리로 작게 내뱉는 말을 나는 듣고 말았다. 얘야, 식이가 죽었다. 그는 울고 있었다. 그의 목소리는 울지 않았지만 나는 그가 울고 있다는 것을 알 수 있었다. 나는 크게 놀라 소리 내어 울었다. 아버지가 건너와서 전화를 받을 때 나는 모든 것이 무너진 사람처럼 울었다. 나는 연습을 해왔다. 큰형이 죽어도 괜찮을 수 있는 연습을 해왔다. 나는 내 곁의 중요한 사람들이 죽는 것을 자주 상상하곤 했다. 큰형이 죽는 생각을 할 때 마음이 무거워지려고 하면 나는 아무렇지 않아도 된다는 것을 내게 가르쳤다. 그러나 나는 아무렇지 않지 않았다. 너무 크게 울어서 아버지가 내 입을 막고 통화를 해야 할 정도였다. 아버지는 어머니에게 애한텐 아무 말 안 했다는데 애가 왜 이러는 줄 모르겠다고 했다. 나는 그렇게 울고도 새로이 울며 지치도록 우느라 학교에 가지 못했다. 어머니와 아버지가 나를 데리고 찬송가를 부르고 기도를 하고 성경을 읽었다. 그 모든 장면 어디에도 죽음에 닿을 수 있는 것이 없었다.

보이지 않는, 볼 수 없는 너에게 이름을 붙여볼까.

걸음을 보고 이름을 붙이자면 너는 시옷과 기역 사이에 있다. 너의 옷자락이 길지 않음에도 너의 걸음에는 긴 옷자락과 섬세한 리듬을 떠올리게 하는 뭔가가 섞여들곤 했다. 그 움직임을 오래 잊지 못하고 너를 바라보는 모든 곳에 나는 장면의 아름다움을 새겼다. 너는 움직이고 나는 장면을 받아들인다. 장면들은 시간차에 의해 만들어진다. 네가 가져온 시간과 속도는 낯설지만 내게 아름답게 새겨질 만한 것이었다. 빛의 움직임처럼 그것은 영원히 아로새겨진 이름에 가까웠다. 너는 내가 너에게 아름답다고 말하면 말할수록 멀어진다. 너는 나처럼 자신을 아름답게 여기는 것을 두려워한다. 너는 언젠가 드러날 네가 원하지 않는 너의 얼굴을 두려워한다. 너는 네가 기억하고 싶지 않은 당시의 너로부터 멀어지려고 한다. 그것은 도망이 아니라 드넓은 곳을 향하는 것이며, 응집된 너의 한때는 넓은 곳으로 확장될 때 열어진다. 너를 붙잡는 짙은 기미들로부터 멀어진다. 그래서 너는 너를 자유롭게 할 수 있는 것이다.

    그러나 우리가 구할 수 있는 자유는 순간적인 것이다. 네가 자유를 찾아 너른 곳으로 향할수록 너에겐 지켜야 할 목록들이 늘어간다. 다만 이동을 통해 다른 곳을 경험하면서 자유를 이룬 것 같은 착각을 얻는다. 그리고 우리는 그 순간의 공기를 기억한다. 뒤바뀌는 순간의 신선함, 순서를 바꾸기만 해도 새것이 되어버리는 기쁨, 마법 같은…… 분명 알았던 곳이건만 예상치 않은 다른 겹을 통과하여 새로이 경험하는 것 같은 순간. 그런 사이를 모두 가지고 기쁨에 겨운 너를 영원히 알아보는 것, 두려움에 휩싸인 너를 나로 보는 것. 내가 기술한 두려움과 어둠을 이미 알고 있는 너를 보았을 때, 여러 개의 이름을 찾아서 붙여보았을 때 그 모든 것이 너이면서 네가 아닐 수 있었다.

선, 너는 선에 가깝다. 너는 늘어날 수 있고 줄어들 수 있으며 나로부터 멀어지며 한없이 가까워진다. 그러나 한 점에 이르지 않는 영원한 선. 점처럼 보이는 순간을 잡아당기면 너는 저 깊은 곳으로 이어진 선이었다. 너의 웃음 끝에는 깊이를 알 수 없는 네가 겹겹으로 포개져 있는 것이다. 그것을 두고 나는 어떻게 잊을 수 있을까. 선에 가까운 너를.

기의 깨와 반짝임에 대해 나는 이제야 알 것 같다. 그것은 정확히 너무 뜨겁고 깊은 것이었다. 나는 그를 통해 우리가 모두 같은 나이를 지니지 않았다는 것, 지금 이 순간 우리가 발 딛고 있는 세계의 나이만으로 가늠할 수 없는 시간을 저마다 지니고 있다는 것을 알 수 있었다. 그는 마치 우주의 대장장이가 오랜 시간 뜨거운 불에 달궈진 쇠를 탕탕 두드려 만든 것 같은 빛나는 쇠의 예리함을 가지고 있었다. 그런 그에게 어울리는 나이가 있을까. 나는 알지 못한다. 그런 나이가 있으리란 생각을 할 수 없다. 다만 그가 우리 중 가장 오래 단련된 빛을 가진 사람이란 것만을 알 수 있다.

너를 오래 볼 수 없었기에 곳곳에서 너의 흔적을 찾으려고 노력했다. 너는 선이었으므로 어디서든, 특히 바람이 부는 곳에서 쉽게 너를 찾을 것만 같았다. 공기가 드나드는 방향과 순서를 느낄 때 나는 놀라서 서둘러 고개를 돌렸다. 거기 분명 있었을 네가, 막 사라진 곳만을 찾는 내가, 네가 사라진 후에야 도착하는 내가 못내 답답했다. 그렇게 도달할 수 없는 어떤 시간이 되어 이동이 계속되고 있다는 것을, 그러므로 네가 여전히 선으로 존재한다는 것을 나는 알고 있었다.

언젠가 네가 나에게 들려준 이야기들을 생각해보았다. 그 이야기들을 그저 떠올리는 것이 아니라 그것이 각기 하나의 거대한 이야기를 만들 수 있는 시작이 되도록 해보았다. 너는 내 등 뒤에 있다.

내가 기와 함께 있던 그 시간 동안 너는 어디서 무

엇을 했을까. 나는 네가 내 등 뒤에서 우리가 함께 만들 어둠을 시작하려는 것을 알고 있다. 어둠은 모든 가능성으로 넘실대는 충만함이다. 나는 아득함으로 들어간다. 헝겊의 거친 면이 내 눈을 덮을 때 나는 네 손의 연장된 속성을 그 천을 통해 느낀다. 너는 친절하고 너는 아득한 온도를 가지고 있다. 기가 그랬던 것처럼 우리는 사실 서로에게 안전한 어둠을 길어다 준다. 그 놀이의 시작에는 불안이 있었다. 불안이 놀이의 재료였다. 보지 않고 오직 듣기만 하면서 길을 찾을 수 있다는 믿음이 있었다. 모든 불길함을 끌어다 장난을 일으키려 했다. 약속을 통해 서로를 해하지 않을 것을 알았지만 일정 분량의 어긋남이 우리를 웃음으로 인도했다. 웃음과 땀 냄새가 범벅이 된 그 방에서 피어오르던 뜨끈한 성정들은 사라지지 않았다.

나는 딱 한 번 그 강과 언덕을 찾아가봤다. 강둑을 달리는 동안 나는 여러 번 트럭과 중형 세단을 피해 몸을 강둑 쪽으로 숨겨야 했다. 비닐하우스들은 더 늘어났고 강둑 옆으로 카페와 숙박업소들이 있었다. 나는 강둑을 정확하게 기억했고 기의 집을 찾아갈 수 있을 것이란 자신이 있었다. 기의 집 근처까지 갔을 때 하늘은 반쯤 불분명한 저녁의 어둠에 잠기고 있었다. 나는 기의 집이 있던 자리에 크게 불이 일고 있는 것을 보았다. 그러나 화재는 아닌 거대한 불빛! 유리 온실 안에 자라고 있는 사막의 식물들은 자신의 크기를 주체하지 못하는 것처럼 휘어져 있었다. 꿈에 가까운 장면이었다. 나는 비로소 꿈에 도착한 것일까. 너의 집을 나는 너무 뒤늦게 찾아왔다. 수십 년 멈추지 않은 걸음이 뿌리를 내리듯 나는 멈춰 서서 영영 걷지 못할 것 같은 기분이 들었다. 그러나 멈추지 않고 뛰어 내려갔다. 그곳의 문을 열고 들어가야 했다. 거기 네가, 아직 이름 붙이지 않은 이야기 속의 사람들이 있는 것을 확인해야 했다.

작가의 말

    나는 막연한 희망을 가지고 있다. 그 희망은 삶에 비쳐 들어오는, 어디서 시작된 것인지 모를 빛과 같은 것이다. 그 빛의 존재는 글이나 말로 전하지 않고서는 너무도 하찮아서 쉽게 잊히곤 한다. 거기 있다는 것이.
    나는 영원을 믿지 않아서, 아니 영원은 너무 멀고 먼 것이어서 사물의 영원성을 찾곤 했다. 습관처럼 어떤 변치 않음을 발견하기 위해, 곁에 있는 것들이 쉬이 사라지지 않으리라는 믿음을 얻으려고, 혹은 그것과 닮고 싶어서 유심히 들여다보는 날들이 이어졌다. 사물들은 삶이라는 심연에 가로놓인 유일한 형태처럼 보이곤 했다. 형태를 유지하는 안간힘을 본받고 싶은 걸까. 새어드는 빛은 그 안간힘을 닮았다. 그 빛을 통해 얼마간 우리는 모서리가 마모되듯 경계가 흐려지며 서로가 서로에게 포함된다. 서로에게 포함되는 순간들이 삶을 지속하게 했다고 말하고 싶지만 슬프고 아프다. 슬픈 이야기만 쓰고 싶다고 생각한 것은 슬픔이 살이 벗겨진 자리처럼 아픈 곳을 자꾸 알려주고 보여주기 때문인 것 같다. 자기 자신을 향한 연민이라도 더욱더 실체에 가까운 것을, 피와 살이 있는 것을 보고 싶다. 이해할 수 없는 일들의 연속에서 아픈 자리를 더듬어야만 아프구나 아프구나 결국 말하게 될 것이고 당신의 얼굴을 잊지 않을 것이다.

    내 존재를 이름하는 부분 부분들이 점점 닳기를 어렴풋이 원한다. 그 닳은 부분들이 너무 많은 '나 아닌 존재들'의 영향으로 생겨난 것이기를. 잇닿아 생겨나는 연결이 되기를. 정확하지 않지만 내 해지고 부푼 부분들은 어쩌면 진흙과 풀로 덮인 우리의 빈 곳이 될 수 있을 것이다.

2025년 봄
정나란

추천의 글

목정원

작가

많은 사람들이 죽고 우리는 살아 있어서 작가는 이 소설을 썼고 나는 읽었다. 유년의 기억은 지나가지 않고 영원이 되어 우리의 뼈와 살을 이룬다. 그때 이미 이해했던 것처럼 우리도 죽을 것이고 썩어 흩어져 작은 빛으로 멸할 것이다. 그때 이미 이해했다는 것을 당신은 기억하나. 그때 우리는 아이가 아니었고 지금은 아직 그 아이이다. 그때 우리는 많은 것을 생각했고 지금도 그 생각들이 언어를 비껴간다. 그때. 헝겊으로 눈을 가린 채 더듬어 찾던 이들 중 당신이 있었더라면. 그 안락한 어둠 속에서 당신을 잡았지만 눈을 뜨니 가고 없던 거라면. 그때 우리는 함께 있었던 거다. 서로를 알아보는 사람들이 이 소설을 읽고 아플 것이다. 아프다가 더 이상 아프지 않을 것이다. 죽음과 삶의 경계는 투명하다는 것을, 꿈의 이쪽과 저쪽 사이도 그러하다는 것을, 우리가 벗어 두고 온 우리 자신이었던 피막들이 나비처럼 허공에 흩날릴 때 죽은 사람들은 아직 이곳에 있고 나도 죽음 후에 당신을 떠나지 않으리라는 것을 그때처럼 다시 이해하기 때문이다.

윤경희

문학평론가

태어나 자라는 시기의 우리에게 말의 능력이 충분히 주어져 있지 않고 망각은 기억보다 활발하다는 것은 얼마나 애석한가. 바깥의 모든 사건이 무방비의 온몸과 마음에 들이쳐 여전히 욱신거리는 상흔을 남겼는데, 그것의 기원을 아주 나중에야 집요한 회고로나마 겨우 복각할 수 있다면 그것은 또 얼마나 비분한가.

어린 시절에 뒤늦은 말을, 가장 존엄하고 정확한 말을, 주기. 망각을 등지고 켜켜이 기억해 내기. 설렘, 두근거림, 무서움, 쓰라림, 부끄러움, 그리움, 생생하게 되살아나는 이 모든 감정과 감각을 다시 겪으며 어지럽게 흔들리기. 정나란의 글쓰기는 이를 함께 감행하자고 청한다.

나는 끝없이 밑줄을 쳤다. 어떤 페이지에서는 비명을 지르고 싶었다. 어떤 페이지에서는 어서 잠자리에 들어 읽다 만 부분에 연이은 꿈을 꾸고 싶었다. 나는 기의 집에 모이는 아이들에 윤의 이름을 더하고 싶었다. 나만은 아닐 것이다.

정나란

1977년 광주 출생.
시집 『굉음』 『이중연습』.
공동 시집 『가장 가까이 있는 말로·흙에 도달하는 것들』이 있다.

네 손이 내 눈을 덮을 때 　　1판 1쇄 발행 | 2025년 7월 11일

　　　　　　　　　　　　지은이 | 정나란
　　　　　　　　　　　　펴낸곳 | 거울, 계단

　　　　　　　　　　　　편집 | 황현주
　　　　　　　　　　　　표지 사진 | 목정원
　　　　　　　　　　　　본문 사진, 디자인 | 허정은

　　　　　　　　　　　　출판등록 | 제2020-00059호
　　　　　　　　　　　　전자우편 | mirror.stairs@gmail.com

　　　　　　　　　　　　ISBN　979-11-970946-4-4　03810

ⓒ 정나란, 2025

이 책 내용의 일부 또는 전부를 재사용하려면
반드시 작가와 출판사의 동의를 얻어야 합니다.